PUR SANG

doado noir

Romuald Giulivo

PUR SANG

rouergue

« Peut-être n'eût-elle pas pensé que le mal fût un état si rare, si extraordinaire, si dépaysant, où il était reposant d'émigrer, si elle avait su discerner en elle, comme en tout le monde, cette indifférence aux souffrances qu'on cause et qui, quelques autres noms qu'on lui donne, est la forme terrible et permanente de la cruauté. »

Marcel Proust, *Du côté de chez Swann*

Pour Andrea et Chiara.

1. déchargement des bétaillères

Les chevaux, ai-je dit à Graziella, c'est encore dans mon assiette que je les préfère, mais je ne crois pas qu'elle ait compris ce que je voulais dire par là. Le car roulait plein ouest, le soleil restait caché derrière les montagnes et, depuis qu'elle était montée à la frontière, depuis qu'elle s'était assise à côté de moi et m'écoutait parler, depuis tout ce temps, je crois que Graziella ne comprenait rien à rien. Alors tandis qu'elle serrait son sac de vieille sur ses genoux, tandis qu'elle me fixait d'un air idiot et que dehors l'autoroute n'en finissait pas de dérouler sa monotonie, j'ai repris du début.

Ouvrez bien vos oreilles, ai-je dit. C'est la première et la dernière fois que j'en parle. Je préfère être franc avec vous. Ce n'est pas dans mon habitude de me confier, de raconter ce que je pense ou ressens. Je ne fais jamais ça, jamais. D'habitude, je ne fais qu'aboyer. Aboyer et puis mordre. Soyez alors bien attentive. Ça ne servira à rien de poser des questions après coup, vous pourrez toujours aller vous faire voir. Je ne voudrai plus y revenir, je ne voudrai plus y songer. Le but, c'est de tout oublier. J'espère que vous avez bien compris ça au moins.

Les chevaux donc, ai-je repris à l'intention de Graziella, ce n'est pas mon idée. C'est plutôt celle de mon grand-père, même s'il est mort cet hiver à quatre-vingt-quinze ans. Il est mort dans son sommeil, ce qui est assez rare ces jours-ci pour quelqu'un de son âge. C'était un dingue d'équitation, il adorait ça – presque plus que le sexe – et comme il s'est un peu trop occupé de moi, comme j'ai paraît-il montré très tôt des prédispositions, j'ai passé beaucoup de temps avec lui dans un manège ou une carrière. Pourtant, croyez-moi, je n'ai jamais aimé ça. Je ne suis pas comme grand-père, je n'ai jamais eu cette passion des animaux. J'ai eu beau essayer, ce n'est jamais venu. Je ne trouve pas les chevaux spécialement nobles, gracieux ou intelligents. Je ne les crains pas non plus. Je ne suis pas du genre à être facilement impressionné, leur force et leur caractère et leur puissance ne m'effraient pas. Non, les chevaux en général, je les trouve juste complètement cons.

C'est aussi simple que ça, ai-je dit à Graziella qui pointait un doigt vers l'extérieur comme l'aurait fait un enfant de cinq ans. Le car passait sur un pont suspendu et elle me montrait en dessous les eaux bleues, les villages et les palmiers.

N'allez pas croire que ce sont les paysages qui m'ont décidé, ai-je aussitôt dit à Graziella alors que l'on s'enfonçait maintenant dans un tunnel. Ces panoramas de magazine, ces palais rococos, ces villas plantées comme d'immenses tartes à la crème en bordure de lacs majestueux, à l'à-pic de sommets enneigés et au milieu d'une nature qui n'en demandait pas tant. Tous ces endroits où il fait bon se flinguer le moral à grands coups d'études de Liszt ou de romans de Stendhal, j'en ai déjà la nausée. Rien qu'à penser que je vais vivre deux mois dans un décor de cinéma en carton-pâte, ça me donne envie de gerber. Et puis soyons sérieux, Graziella. La région n'est plus ce qu'elle était. Visconti et Maria Callas ont depuis longtemps été remplacés par Madonna ou George Clooney. Ça donne quand même un certain aperçu du désastre, n'est-ce pas ?

Je vous assure, ce n'est vraiment pas mon idée. Si je suis là, c'est seulement pour échapper aux vacances avec les parents sur l'île de Ré. Car là-bas, c'est pire que tout. Dès que j'arrive, j'ai envie de repartir. Je le crie même, je hurle à mon père et à ma mère que je veux rentrer, avant de réaliser que je n'ai nulle part où aller, que je n'ai nulle part ma place. Bref. Ici ou ailleurs, peu importe, tant que ça me permet d'échapper à ce cauchemar.

C'est grand-père qui m'a parlé de la région, ai-je dit à Graziella en tentant de percevoir une lueur d'intelligence derrière ses verres à double foyer. Il se souvenait avec nostalgie de sa jeunesse dans le coin ou de ses années dans l'armée. Et quand il est tombé un matin sur un article élogieux au sujet de cette académie équestre, il a tout de suite pensé à moi. Il a pensé que ça me ferait du bien, que je pourrais souffler, couper avec le monde. Il a dit : « Tu devrais essayer », et puis il est mort. Pas le jour même, mais pas longtemps après.

Je n'ai pas eu le droit d'aller le voir, ai-je dit à Graziella, je n'ai pu me rendre ni à l'hôpital ni au cimetière, et je n'ai pas réussi à l'oublier. Je ne pouvais pas continuer de la sorte, je ne voulais pas finir pareil. Asphyxié par la vie, l'ennui ou une saloperie de virus.

En juin, j'ai ainsi annoncé à mes parents que je souhaitais partir. Je leur ai montré les revues de grand-père et j'ai déclaré qu'ils n'avaient pas le choix. L'excellence, le cheval et l'Italie : voilà un programme qu'il leur était difficile de refuser, tant il collait à leurs idéaux de petits-bourgeois. Ils ont tiqué sur le prix indécent du stage, mais aucune discussion n'était possible. Il ne fallait pas trop me chercher ces temps-ci, ils le savaient. Je pouvais vite saturer, exploser. Encore plus vite que d'ordinaire. Parce qu'il y avait eu le décès de grand-père, et aussi cette horrible année scolaire. Mon entrée au lycée, ces profs qui étaient tous des photocopies, ces débiles de ma classe avec qui ça avait chauffé, avec qui je m'étais maintes fois retrouvé chez le proviseur au prétexte qu'ils avaient un œil poché ou un poignet pété. Il y avait eu tout ça, et il y avait eu Paul-Émile.

Vous avez le droit de vous moquer de moi, ai-je dit à Graziella, je vous y autorise. Je ne cognerai pas pour une fois, je vous le promets. Moi aussi j'aurais bien ri si l'on m'avait dit à la rentrée que je m'intéresserais à un mec, et qu'en plus il s'appellerait Paul-Émile. Que je passerais mon année à l'épier, à user de stratagèmes pour être dans le même groupe de travaux pratiques ou à côté de lui au self, mais sans jamais avoir les couilles de lui adresser la parole, lui dire que je le trouvais classe, que je le trouvais vivant, et que j'aimerais qu'on fasse des trucs ensemble, un cinéma, une sortie en ville ou juste une balade le nez au vent dans le soir qui s'éteint.

Mais bon, je ne suis pas tout à fait honnête avec vous, ai-je dit à Graziella avant de ravaler ma salive et de prendre un instant pour chercher les mots exacts. Il faisait une chaleur à crever dans ce car et j'étais en nage. J'étais coincé là-dedans depuis douze heures, toutes les places étaient occupées malgré les recommandations du moment, on était serrés comme du bétail et plusieurs langues se mélangeaient dans une cacophonie assourdissante. Ça parlait italien, allemand, et aussi j'imagine tchèque, croate ou roumain, ça faisait un bruit pas possible et j'avais été obligé de hausser la voix pour que Graziella puisse au moins entendre, à défaut de comprendre. Ça m'avait demandé beaucoup d'efforts, mais ça faisait un bien fou. J'étais tellement en colère, j'avais gardé tout ça coincé en moi si longtemps. J'ai alors repris mon monologue, plus lentement. Je me suis éclairci la gorge, j'ai rassemblé mon courage et j'ai avoué que le problème n'était pas forcément là où on pouvait le croire. Le vrai problème, ce n'étaient pas les profs, ce n'était ni Paul-Émile ni ce monde de plus en plus désespérant. Le vrai problème, c'était mes parents.

Je n'en peux plus de leur petite vie, leurs petits soucis, ai-je dit à Graziella tandis qu'elle soufflait bruyamment dans un mouchoir à la couleur douteuse. Quand arrêteront-ils de me prendre pour un gamin ? Qu'est-ce qu'ils croient ? Ils croient que je ne vois pas, que je ne sais pas ? Il y a des lustres qu'ils ne pensent plus, qu'ils ne parlent plus. Et puis aussi qu'ils ne baisent plus, cela va de soi. On dirait deux colocataires qui attendent que je quitte la maison pour résilier leur bail. Ils me dégoûtent. Ma mère passe ses soirées dans des colloques, des pince-fesses littéraires où elle reste parfois jusqu'au petit matin. Quant à mon père, ai-je dit à Graziella, j'aimerais pouvoir vous en raconter plus, mais c'est comme si je ne l'avais pas croisé depuis une éternité, comme si, à force d'étudier les trous noirs, il en était devenu un. Cela fait des siècles que je n'ai pas partagé quelque chose avec lui. C'est bien simple, ai-je dit à Graziella en attrapant le sac à dos à mes pieds, tout ce que mon père m'a transmis de notable tient là-dedans. Regardez : il n'y a pas de quoi écrire une thèse, comme il adore le répéter pour tout et n'importe quoi. Il y a trois fois rien : seulement un walkman des années quatre-vingt, soit un bidule pesant un âne mort et fonctionnant à piles, avec un casque aux oreillettes orange et une poignée de cassettes. C'est tout ce que mon père m'a légué de vraiment valable, de vraiment utile, en quinze ans de vie commune. Les premiers albums de Metallica, de Slayer, Megadeth ou quelques autres. Pour un type qui enseigne à la fac les mystères du Big Bang et la théorie des cordes, il n'y a pas de quoi se vanter. Même s'il y a plusieurs chefs-d'œuvre dans le lot, des trucs de metal extrême, genre Carcass, Entombed ou Morbid Angel. Prenez par exemple *You Suffer* de Napalm Death, un titre de moins de deux secondes inscrit au *Livre Guinness des records* comme la chanson la plus courte de tous les temps. Eh bien cette tuerie m'a plusieurs fois sauvé la vie, ai-je dit le plus sérieusement du monde à Graziella, avant de refermer mon sac d'un coup sec. Elle s'était en effet aventurée à examiner les bouquins et je n'avais pas envie de parler de ça. Pas encore. Il fallait d'abord que j'explique pour ma mère.

Parce que ma mère, c'est pareil en pire. Un vrai courant d'air. Elle n'est jamais là, elle est toujours en voyage aux quatre coins de la planète. Et les quelques fois où elle est à la maison, elle reste pendue au téléphone à roucouler, à causer pendant des heures avec un gars de Harvard, avec un vieux de la faculté de Leipzig ou un type préparant une thèse sur Thomas Bernhard à Baltimore, à Vienne ou je ne sais où. Son corps est là, mais son esprit est toujours absent. Les rares moments où elle se souvient qu'elle a un fils, c'est quand elle reçoit chez nous ses doctorants en littérature allemande, quand elle a un public pour me montrer, m'exhiber en répétant combien elle est fière de moi, parce que j'ai une ligne d'athlète ou parce que j'ai lu *La Montagne magique* dans le texte. Elle déconne sévère, Graziella. Je ne suis qu'un trophée, un faire-valoir qu'elle oublie aussitôt ses élèves disparus. Et je vous passe les détails. Je vous passe les tonnes de blush qu'elle se colle sur la tronche à cette occasion pour cacher ses rides, ses tenues affriolantes, son rire tonitruant ou ses œillades à de jeunes mecs qui pourraient être mes frères, je vous passe cette honte qu'elle me fiche en se comportant comme une jument en chaleur dès que mon père n'est pas dans les parages.

Je noircis à peine le tableau, Graziella. Juré, craché. Mes parents ne sont dans ma vie que des notes de bas de page – des pages désespérément blanches. Je ne garderai rien d'eux. Rien du tout. Je n'ai pas mémoire de petits déjeuners partagés dans la joie, de promenades dominicales dans les bois, de courses-poursuites en ville à sauter dans les flaques ou à se planquer derrière des voitures. Je n'ai aucun souvenir de bonheurs simples, sans prétention. Je n'ai en somme aucun souvenir de leur amour, ai-je dit à Graziella pendant qu'elle extirpait un sandwich industriel de son emballage. L'amour, je crois qu'ils n'ont jamais su ce que c'était. Ou il y a longtemps, quand je n'étais pas encore né.

Vous voyez pourquoi je ne veux plus en parler ? Pourquoi je veux oublier, pourquoi je veux les rayer de ma vie ? Vous savez, vous êtes la première et la dernière à qui je raconte ça. C'est facile, parce que vous n'y entravez que dalle. Mais je vous le dis quand même : je n'ai pas besoin d'eux. J'ai besoin d'air et de distance pour exister enfin. Alors tenez, Graziella, prenez tous ces bouquins que ma mère m'a refilés pour l'été, prenez Hermann Broch, prenez Thomas Mann, prenez des cassettes également si vous voulez et n'en parlons plus. Plus jamais.

J'ai tendu mon sac à Graziella, et elle m'a encore observé avec des yeux de merlan frit. Elle m'a souri niaisement pendant que le car s'engageait sur une bretelle de dégagement, on a ralenti, on a passé un péage, on s'est arrêtés un peu plus loin sur une aire de covoiturage et elle m'a offert la fin de son sandwich à la mortadelle.

La plupart des voyageurs ont enfilé leur blouson, attrapé leurs bagages et sont descendus. Graziella m'a regardé une dernière fois, avant de m'adresser quelques mots dans un dialecte qui m'était totalement étranger. Ensuite, elle s'est levée et elle est sortie à son tour. Elle m'a fait un geste de la main depuis le parking, puis elle est montée dans une vieille Fiat qui l'attendait sur place.

Elle n'était probablement pas très futée, mais elle avait été gentille. Elle m'avait laissé déverser mon histoire sans jamais m'interrompre et je n'en exigeais pas plus. Je savais bien sûr qu'elle ne connaissait pas un mot de français. C'est pourquoi j'avais pu me confier, me libérer de tout ce poids. Autrement, ça aurait été impossible.

Je savais aussi qu'elle ne s'appelait pas Graziella. Graziella, c'était l'amoureuse de grand-père quand il était jeune soldat. Mais peu importait, elle se serait prénommée Maria ou Esterina ou Giuseppina, ça n'aurait rien changé. J'avais vidé mon sac et c'était tout ce qui comptait. Maintenant je pouvais oublier. Je pouvais enfermer mon existence passée dans un tiroir le temps de l'été et ne plus y penser.

Le car repartait déjà, j'étais seul et j'étais bien, j'étais mieux. La colère m'avait quitté. J'étais comme anesthésié et je pouvais me laisser porter sans heurt jusqu'à ma destination.

2. contrôle des certificats

Ensuite ce sont des routes qui zigzaguent, des villages perchés et des golfs aux eaux bleu nuit, ce sont des ports de pêche et des falaises escarpées, ce sont des hôtels de luxe et des terrasses en étages, des façades baroques et des cafés clinquants, ce sont des files interminables de bagnoles et des jardins luxuriants, des rosiers, des camélias, des grenadiers, des orangers, ce sont tous ces décors découpés dans du papier glacé et je trouve ça laid, surfait, peut-être parce que je ne suis pas assez malheureux pour apprécier ou parce que je n'aime plus personne.

Le car s'arrête de temps en temps pour laisser descendre un voyageur. On finit une petite douzaine, plutôt des jeunes, plutôt des filles, que j'examine à peine quand on quitte le bus pour une camionnette poussiéreuse et la route pour un chemin en corniche qui me colle vite le vertige. Je me concentre sur le riff d'*Enter Sandman* qui sonne dans mon casque, ça continue de monter, de virer, et je m'assoupis. Enfin je suppose, car après c'est le flou, et le *Black Album* est depuis longtemps terminé lorsque je reprends possession de mon esprit.

Je suis revenu tout à coup à moi, planté comme un chandelier d'obstacle au milieu d'une esplanade en graviers. Je n'avais rien avalé depuis mon départ de France la veille au soir, la faim me labourait le ventre et je ne me sentais pas très bien. Je n'étais pas le seul d'ailleurs. Les autres avaient l'air tout aussi paumés, mais je ne les ai pas trop regardés, j'ai d'abord regardé le taureau. J'avais trouvé ça saugrenu sur Internet et, maintenant que j'étais face à lui, que je pouvais discerner chacun des muscles sous sa peau de bronze, j'étais encore plus circonspect. Même si c'était le symbole de l'académie, il me paraissait excessif d'avoir installé une statue aux telles proportions à l'entrée du domaine. On n'était pas en Andalousie, à ce que je sache. Je ne voyais pas le rapport et je suis sûr que grand-père aurait été d'accord. Grand-père s'appelait Vincenzo Chianese, il était né à Vérone et lorsqu'on le confondait avec un Espagnol, il avait l'habitude de répondre qu'on ne doit pas mélanger les torchons et les serviettes. Au diable la Méditerranée, le pape, le Caudillo et le Duce. Aucun rapport entre les deux pays, martelait-il et vous aviez intérêt à acquiescer, au risque de vous faire sinon couvrir de noms d'oiseaux.

Mais ce ne sont pas les injures de grand-père qui m'ont rappelé à l'ordre cette fois, c'est une voix fluette qui nous a sommés de sortir nos papiers. J'en ai profité pour observer enfin ceux qui allaient être mes camarades pour l'été. Je les ai étudiés un par un et c'est étrange combien cette première impression est demeurée ancrée en moi, comment ils se sont affirmés dans mon esprit avant tout comme des corps, plutôt que des personnes à part entière. Je continuerais d'ailleurs les semaines suivantes de les identifier au moyen de leur silhouette, leur bouche épaisse ou leurs jambes glabres, plutôt qu'à l'aide de leur prénom. Il y avait par exemple à côté de moi cette fille blonde, aux cheveux crépus et aux mollets bizarrement cylindriques, dont j'ignorerais jusqu'à la fin la nationalité et qui, ce matin-là, était paniquée parce qu'elle avait égaré son certificat médical. Il y avait derrière une Autrichienne – elle portait un polo marqué d'un aigle aux couleurs de son pays – qui faisait craquer les articulations de ses doigts pour contenir son agacement, et encore plus loin une cavalière à la croupe généreuse, puis une autre filiforme, au profil rude, aux épaules frêles, etc. J'ai gardé de chaque élève un trait précis en mémoire, une attitude pour le définir, et je n'ai jamais cherché à en savoir plus, hormis concernant Anton.

Anton se tenait à ma gauche et j'ai compris que ça serait différent avec lui. Il patientait en lisant *Une saison en enfer*, par-dessus lequel il me lançait de fréquents coups d'œil. Il avait tout des jeunes hommes que l'on s'attend à croiser en pareil endroit. Allure racée, beauté soignée, et rien qui dépassait, rien à quoi se raccrocher pour le caractériser. Je voyais bien qu'il faisait avec moi comme je faisais avec les autres et paraissait buter sur quelque chose – ma paire de Dr. Martens, mon slim troué ou le t-shirt Deicide dissimulant ma maigreur peut-être. Je lui demanderais un mois plus tard à quoi il pensait ce jour-là, mais il refuserait de répondre. Il prétendrait qu'il ne se souvenait plus, que cette matinée avait tellement duré qu'il avait failli plusieurs fois s'endormir sur place.

Ça a été effectivement interminable. Nous étions appelés tour à tour à une table où remettre notre dossier d'inscription. Le taureau me bouchant la vue sur la scène, il m'était impossible d'en savoir plus. J'entendais de vagues conversations au loin, mais rien dont je puisse saisir le sens. Je ne m'expliquais pas pourquoi ces modalités prenaient des lustres et, après avoir étudié un temps l'autre garçon du groupe et sa pilosité abondante – sur le visage, sur les bras, mais aussi dans le cou ou les oreilles –, je me suis absorbé dans la contemplation des alentours.

Le décor était plutôt décevant. On discernait de vastes installations, on devinait au loin les écuries, les manèges, les paddocks et les prés, mais les bâtiments étaient avant tout fonctionnels, il n'y avait rien de tape-à-l'œil comme on aurait pu s'y attendre. D'où j'étais, je n'apercevais nul labyrinthe de buis ou bassin de nénuphars, aucune ruine romantique ou autre machin en toc de style Renaissance. La seule facétie apparente était une villa de taille modeste, probablement des bureaux, dont les grandes fenêtres semblaient nous surveiller. Pour le reste, il fallait imaginer. L'horizon était complètement bouché par une brume épaisse et il fallait se remémorer la plaquette publicitaire de l'académie pour se représenter la vue sur le lac depuis le plateau où nous nous trouvions, pour se figurer les voiliers, les forêts de châtaigniers ou les collines abruptes au loin.

J'ai longtemps imaginé, et puis j'en ai eu marre. J'avais l'impression d'être l'un de ces partants du tiercé que l'on fait tourner pendant des heures au rond de présentation. Je n'aimais pas ça et je réfléchissais à prendre la tangente quand j'ai été appelé. Je n'ai pas entendu tout de suite – j'avais rechaussé mon casque –, et c'est Anton qui m'a averti d'un geste insistant. Je ne sais pas comment il connaissait mon nom. Ça aussi il refuserait de me le dire lorsque nous partagerions nos nuits.

– Luca Simonet ? a fait le type derrière la table quand je me suis retrouvé face à lui.

J'avoue, j'ai ricané la première fois que j'ai vu Nazir. Je noterais les jours suivants la finesse de ses traits, la profondeur de son regard ou la souplesse de ses gestes, mais la première fois, Nazir m'a surtout évoqué un hobbit tellement il était petit.

– Non, Alexandra Ledermann, ai-je répliqué.

De toute évidence, la plaisanterie lui a échappé. Il a consulté ce qui ressemblait à une feuille d'émargement, a fouillé les monceaux de papiers qui s'entassaient autour de lui. Je l'ai laissé un instant se dépêtrer, puis j'ai déposé mon dossier sous son nez. Il a paru soulagé et s'y est plongé sans attendre. Pièce d'identité, licence de compétition, carnet de suivi, assurance, lettres de recommandation, livret scolaire, certificat de vaccination, autorisation d'usage à des fins thérapeutiques pour ma Ventoline, etc. Il a tout épluché, a lu chaque document avec une attention méticuleuse, y revenant sans cesse pour prendre des notes sur un cahier à spirale. C'était grotesque. Je leur avais tout envoyé par mail avant mon arrivée.

Ma patience a commencé à s'éroder. Je voyais les élèves passés au contrôle avant moi en train de se bâfrer non loin. Ils étaient cinq ou six, il y avait une grande nana aux avant-bras tatoués, il y avait une Asiatique qui semblait se déplacer sur la pointe des pieds, et aussi celle que je nommerais ensuite Cléopâtre à cause de son nez, avec qui je me prendrais le bec, avec qui j'en viendrais aux mains, mais je ne le savais pas encore et j'étais pour l'instant pressé de la retrouver, de la rejoindre devant le buffet où ils s'égayaient tous en se gavant de pizza et de sodas.

Concentré sur mon estomac qui gargouillait, je n'ai pas réagi lorsque Nazir m'a envoyé à la pesée. Il m'a demandé si je parlais italien, j'ai répondu par l'affirmative et il m'a redit de monter sur la balance avec un accent approximatif, qui m'a aussitôt fait regretter son anglais.

– Et puis quoi encore ? Tout est dans ces fichus papiers ! Ça te suffit pas ?! Tu veux une analyse d'urine ? Ou un test VIH tant qu'à faire ? Je ne suis pas un bout de viande, bon sang !

Je n'avais pas présagé sa réaction et me suis étonné qu'il panique à ce point. Il est devenu tout rouge, il s'est levé – enfin je crois, ce n'était pas flagrant – en me suppliant de me calmer, et surtout de parler moins fort. Il a assuré qu'il comprenait, qu'il ne voulait ni me manquer de respect ni me brusquer, qu'il était là pour m'accueillir au mieux, dans la tranquillité et sans stress, mais j'ai eu des doutes. Vu qu'il n'arrêtait pas de jeter des coups d'œil affolés par-dessus son épaule en parlant, vu qu'il semblait chercher dans les environs de quoi m'étourdir comme il l'aurait fait avec un animal enragé, j'ai préféré montrer que je n'étais pas du genre à me laisser endormir.

– Ça fait des heures que je n'ai rien avalé ! J'ai tellement faim que je boufferais un cheval entier, ai-je ajouté, à la fois pour lui clouer le bec et aussi être certain que les autres sauraient à quoi s'en tenir avec moi.

J'ai obtenu l'effet souhaité, ou à peu près. Tout le monde s'est figé. Nazir derrière son bureau, les élèves devant la table de banquet, et les autres qui attendaient encore leur tour. Sauf que ce n'était pas dans ma direction qu'ils regardaient. Ils regardaient vers la villa, où un homme était apparu.

Il était à une bonne centaine de mètres, mais j'avais le sentiment de le connaître. Ce jour-là, j'aurais parié qu'il possédait un corps massif, un cou épais, des mains larges et une figure taillée à la serpe. Je comprendrais par la suite que les choses n'étaient pas si simples avec lui, que tout serait à jamais mouvant, indéfini, un peu comme cette cicatrice sur son visage, une marque qui changerait sans cesse de place dans mon esprit, que je me rappellerais tantôt sur la joue, tantôt sur le menton, et que je croirais à la fin s'arrêter sur le front sans pourtant être en mesure de l'assurer.

– C'est qui ce type ? ai-je demandé en frissonnant dans le vent qui s'était levé d'un coup.

– C'est le maestro Trappola. Tout le monde le nomme Janus, ici.

J'ai pris le parti d'en rester là. J'avais assez bousculé les convenances pour aujourd'hui et j'ai attendu en silence que le type ait disparu à l'intérieur de sa villa avant de gagner le buffet.

Je me suis accroché ensuite à cette ligne de conduite, même si ça n'a pas été facile. Je ne l'ai pas ouvert tout le temps qu'a duré la vérification des dossiers, je n'ai rien dit lorsque Nazir nous a abandonnés une bonne heure avant de nous mener au champ où se trouvaient des caravanes dans lesquelles nous avons été assignés deux par deux. Je n'ai même pas protesté quand j'ai constaté que j'allais loger avec le type poilu. Il était tchèque, il s'appelait Franz évidemment, mais la ressemblance s'arrêtait là. C'était un bon gros gars au physique de bûcheron mal équarri. Il avait le crin roux et la moustache crasseuse, il n'avait pas l'air méchant, il avait l'air d'un nounours, mais j'ai préféré y aller franco. Je suis monté dans la roulotte, j'ai balancé mon sac sur l'une des couchettes et, je ne sais pas pourquoi, j'ai dit que je le prévenais. J'ai dit : « Je te préviens, je préfère les filles » et je suis parti courir.

3. Inspection *ante mortem*

Une semaine plus tard, je courais toujours. Je courais le matin, je courais le midi, je courais le soir et parfois même la nuit. Il n'y avait rien d'autre à faire. Nazir nous avait indiqué le réfectoire où prendre nos repas, il nous avait exposé sommairement quelques règles de vie – pour résumer : pas de clopes, pas d'alcool, pas de baise –, et on ne l'avait plus revu ou alors à bonne distance, occupé à déplacer du fourrage, à entasser des barres d'obstacles. Ni lui ni personne n'était venu nous trouver pour présenter un quelconque programme, et la longueur de ces heures à ne rien faire était vite devenue insupportable. Mon corps réclamait son dû. Il voulait l'effort qui fait tourner la tête, la fatigue qui assomme, les poumons qui brûlent, les muscles qui tirent, l'adrénaline, la sueur et la douleur, cette douleur physique qui donne du sens à toutes les autres et nettoie, évacue non seulement les questions mais aussi les réponses. C'est pourquoi je m'étais mis à sillonner les environs, à courir chaque jour plus longtemps et plus loin, avalant des kilomètres en dépit d'une météo exécrable.

On n'avait jamais vu ça, paraît-il. On disait que cette brume qui engloutissait tout, cette humidité qui se faufilait par le moindre interstice, sous vos vêtements, le long de vos jambes ou contre vos reins était pire qu'un temps d'hiver. On n'avait jamais vu une saison pareille et on n'annonçait pas d'amélioration.

« On », c'était Anton. Je ne parlais à personne d'autre. Et encore, même avec lui, nos échanges étaient lapidaires. Je savais qu'il terminait un sport-étude, je savais qu'il venait ici chaque été et qu'il souhaitait devenir écuyer, qu'il louait un culte au maître des lieux dont il prononçait toujours le nom dans un murmure, mais je n'en savais guère plus, si ce n'est que la pluie et le ciel bas ne le dérangeaient pas plus que moi.

Je courais ainsi des heures sans me soucier du temps ou de ma destination. Je me perdais, repassais cent fois au même endroit sans m'en apercevoir. J'aurais couru à travers le Montana ou les Cornouailles que ça aurait été pareil. Seule comptait la nature qui reprenait sa juste place. Je pouvais savourer longuement le charme d'un if ou d'un cyprès, la beauté d'une rive de galets ou d'une volée de colverts, je pouvais goûter ces détails pleinement, dans une solitude complète, avec un Cannibal Corpse ou un Obituary en fond sonore.

Je ne sais pas ce que trafiquaient les autres pendant ce temps. Je suppose qu'ils tournaient autour des box comme des abeilles autour d'un pot de miel, je suppose qu'ils s'émerveillaient ensemble devant la robe isabelle d'un poulain, le toupet d'un Frison, le galbe d'un pur-sang anglais, et qu'ils s'y voyaient, le dos raide, les mollets serrés, à faire carrousel, à exécuter fièrement voltes et serpentines. Je ne voulais vraiment pas assister à ça. Je les supportais déjà matin et soir – je sautais le repas de midi, préférant manger en pleine nature quelques fruits dérobés à l'aube en cuisine –, j'endurais déjà leurs conversations insipides, leurs séances de selfies grotesques. Tous usaient en effet leurs yeux sur des smartphones haut de gamme et avaient les préoccupations qui allaient avec.

Un matin par exemple, à Cléopâtre qui m'avait demandé ce que j'avais à courir sans arrêt – elle avait demandé ça avec un petit sourire, en référence j'imagine à une discussion qu'ils avaient eue entre eux –, j'avais répondu que je courais parce que j'aimais la bouffe autant qu'elle, et j'avais ajouté qu'elle devrait essayer. Courir permettrait peut-être à tout le chocolat, la confiture ou le panettone qu'elle avalait de ne pas lui tomber directement dans les fesses. J'avais dit ça et c'est moi qui avais souri cette fois-ci avant de m'éclipser. Elle ne parlait pas très bien italien, mais à en juger par sa mine soudain cramoisie, elle avait saisi l'essentiel de mes propos.

Après ça, j'ai zappé également le petit déjeuner. J'ai préféré m'épargner leurs têtes d'ahuris au réveil et décamper tôt, bien avant le lever du jour. J'en profitais pour piquer quelques sprints à travers l'académie, mêlant mon souffle aux hennissements qui trouaient l'obscurité. Je commençais à appréhender la géographie des lieux, je reconnaissais les multiples écuries, barns, abris et autres bâtiments, même si je m'empêchais d'aller traîner autour de la villa. Les fenêtres y brillaient jusque tard, et je n'avais nulle envie d'en découvrir la raison.

C'est ainsi qu'un de ces matins-là je suis tombé sur lui. Je m'y revois très bien, relevant le col de ma polaire et contournant le manège, avisant le pigeonnier en pierre dans les premières lueurs et m'avançant comme un voleur. Si de l'extérieur la bâtisse paraissait dans son jus, l'intérieur était lui rénové de bien étrange manière. Il y avait là tout un coin aménagé en salon, avec tapis de laine, canapé en cuir et bibliothèque (je découvrirais le minibar quelques jours plus tard). En face, sur un sol de porphyre, on avait construit un box en bois noble orné de multiples ferronneries et l'on avait épandu un lit de copeaux où Ombligo m'attendait.

Ombligo del mundo. Le nombril du monde. C'était écrit sur une plaque dorée à l'or fin. De l'espagnol certes, mais quel nom tout de même.

Je mentirais en prétendant que ça a été le coup de foudre. J'ai néanmoins perçu comme un signe dans ses tremblements, dans l'ondulation de sa colonne, j'ai été frappé par ses yeux d'un noir charbonneux, son regard sans manière qui semblait détecter la faille dissimulée sous ma carapace.

Je me suis approché lentement, ai tendu une main qu'il a boudée. Il avait l'épaule profonde, les postérieurs puissants, mais les poils blancs autour de ses naseaux trahissaient un âge certain. Je me suis avancé encore et il a marqué son attention des oreilles, il a renâclé plusieurs fois. Il était aux aguets, flairant quelque chose qui n'allait pas.

– Ne le touchez surtout pas.

J'ai sursauté et Ombligo aussi. J'ai bondi en arrière, j'ai baissé la tête et manqué de justesse de ramasser un coup de mâchoires. Le souffle court, je me suis assuré que j'avais toujours toutes mes dents avant de me retourner.

– Pourquoi ? ai-je lancé à Nazir dont j'avais deviné la présence dans la pénombre.

Il était assis sur une mezzanine que je n'avais pas remarquée en entrant. Ses jambes pendaient dans le vide et il m'est apparu plus grand qu'il n'était, à cause de l'obscurité et de l'effet de contre-plongée.

– Janus n'aimerait pas ça. Et mieux vaut éviter de mettre le maestro en colère, croyez-moi.

Nazir a progressé à quatre pattes jusqu'à l'échelle, qu'il a descendue avec une agilité déconcertante.

– Comment l'apprendrait-il ? Il n'est pas omniscient, à ce que je sache.

On avait écrit des livres sur celui qui se nommait en vrai Cesare Trappola, on avait tourné des films, mais je n'avais rien lu, rien vu. Ce n'était pas pour lui que j'étais venu passer l'été de l'autre côté des Alpes. Il ne m'intéressait pas plus que ça. Tout juste avais-je parcouru sa page Wikipédia et je n'avais pas retenu grand-chose. Je me rappelais que le type était considéré comme un génie, et aussi qu'il entretenait le mystère sur ses origines. Il se disait parfois fils d'un modeste paysan de la plaine du Pô, d'autres fois il prétendait avoir grandi dans une famille mafieuse de la banlieue napolitaine, ou encore être l'héritier d'une importante lignée toscane. Personne ne connaissait la vérité, et tout le monde affirmait que chacune de ces histoires pouvait être vraie, tant il savait user au choix d'un bon sens terrien, d'une gouaille de voyou ou d'une aisance insolente en société. Ces qualités lui avaient permis, en une dizaine d'années, de faire de son académie équestre l'une des plus prestigieuses du pays. On venait de toute l'Europe pour y suivre son enseignement rigoureux et novateur. C'était donc un écuyer hors pair, mais ce n'était pas non plus le Messie.

– Je serais obligé de le lui dire, a fini par répondre Nazir en jetant un œil vers l'extérieur. Vous ne le connaissez pas.

Dehors, le soleil se levait sur une petite arène au sable immaculé et sur une caravane noir métallisé, que le regard insistant de Nazir révélait être celle de son maître.

– T'es son clébard en somme ? Tu vas aboyer pour l'avertir de ma présence, c'est ça ?

J'avais constaté dès le premier jour combien il était déstabilisé si on le rabrouait un peu. Ce matin-là, il a baissé les yeux, a roulé une revue qu'il tenait entre les mains avant de la glisser dans la poche arrière de son jean. J'ai cru sur le coup qu'il s'agissait d'un magazine porno. Je découvrirais plus tard à quel point j'étais loin du compte.

– Pas si vous partez tout de suite, a-t-il balbutié comme un gamin.

Je l'ai dévisagé en souriant. Puis je l'ai planté sur place. Alors qu'il s'imaginait devoir affronter ma colère et mes sarcasmes comme à mon arrivée, j'ai déguerpi sans un mot.

L'incident m'a amusé toute la matinée. J'en ai ri longtemps en courant plus vite que d'ordinaire et j'y pensais encore, je m'amusais toujours de sa tête lorsque je suis rentré épuisé à la mi-journée, lorsque je suis passé par hasard devant la carrière et que, là, je n'ai plus ri du tout.

Ils étaient tous alignés en rang. Cléopâtre et Cheveux Crépus, Franz et la fille aux épaules frêles, l'Asiatique se déplaçant sur la pointe des pieds, miss Tatouages et ceux que je n'avais pas remarqués, comme cette nana à la voix de crécelle ou la grande asperge aux mèches peroxydées. Tous les élèves étaient là, sur le pied de guerre, en tenue et en file indienne. Il n'y avait par contre aucun cheval avec eux. Il y avait juste Janus qui manifestement m'attendait. Il se dressait au centre, la main gauche sur une cravache qu'il a fait claquer contre sa cuisse.

Je me suis demandé comment réagir. Quand le premier jour il m'avait paru semblable à un ogre, ce midi on aurait dit un vieux fan de Tolkien déguisé en *Nazgûl* pour Halloween. Il faisait tout petit, tout sec, sa capuche lui mangeait la totalité du visage, à l'exception de son regard que j'ai deviné peu amène. Et si jamais j'avais encore des doutes, il me suffisait d'observer les autres. Je pouvais lire dans leurs grimaces, leurs fronts en sueur et leurs joues rouges qu'ils étaient en train de recevoir une sacrée correction.

Je ne comprenais pas de quoi il était exactement question et je n'ai pas demandé. J'ai bondi par-dessus la balustrade et j'ai pris place dans le rang, esquivant à ma grande surprise les réprimandes.

C'est ensuite que ça s'est gâté. Ensuite il a fallu cavaler, sauter, traverser la carrière dans un sens ou dans un autre pendant des heures et j'ai tout exécuté de travers. Je courais depuis l'aube, j'étais exsangue et je ne connaissais pas les consignes. Je ne savais pas s'il leur avait parlé, leur avait expliqué avec des mots clairs le comment et le pourquoi de la séance. J'avais manqué le début et je devais maintenant raccrocher les wagons en suivant les autres, en les imitant et donc en me trompant, en marchant quand il fallait courir, en effectuant de grandes foulées quand il fallait enchaîner de petits pas. Je n'avais rien pour me guider. Janus se contentait de temps à autre de battre la cadence, de claquer des doigts ou d'émettre quelques borborygmes et, quand vraiment il était insatisfait, c'est-à-dire souvent, il nous sommait de rejoindre nos positions pour tout reprendre depuis le départ.

Je me calais sur Franz devant moi, mais il n'était clairement pas doué. Anton, qui ouvrait la file, se débrouillait bien mieux. Comme il me le raconterait le soir, il connaissait les méthodes de Janus après plusieurs stages, il savait que le maestro commençait toujours par ces exercices consistant à se mettre à la place des chevaux, à souffrir ordres et contre-ordres, frustrations, contraintes et répétitions à l'envi. J'étais hélas trop loin de lui pour guetter ses allures, prédire ses changements d'appui. Ce n'était pas encore aujourd'hui que nos corps se répondraient à l'unisson, cela adviendrait bien plus tard et, pour l'instant, je devais me débrouiller seul avec mes erreurs, mais aussi avec les gémissements de mes camarades ou cette musique horripilante qui a tourné une bonne partie de l'après-midi dans les haut-parleurs de la carrière – du Ligeti ou du Arvo Pärt ou une autre cochonnerie du genre. J'avais le sentiment inexplicable qu'un danger planait au-dessus de nos têtes, et je n'ai donc pas été trop surpris quand c'est tombé.

À la fin, Janus nous a fait aligner, tandis que Nazir est sorti de nulle part pour recueillir ses confidences. Ils ont échangé à voix basse moins d'une minute et le palefrenier n'a pas tardé à nous livrer la sentence.

Il a demandé à Franz de quitter le rang. Il lui a ordonné d'aller faire ses bagages et d'être prêt dans une heure. Il était trop lourd, trop lent. Il était renvoyé. Un taxi viendrait le chercher afin de le raccompagner à la gare.

– Et prends garde à ne pas être le prochain, a sifflé Janus en passant à ma hauteur.

4. amenée

– C'était clair qu'il allait dégager ! Il en vire chaque fois un pour l'exemple.

– Tu le savais donc ? Je veux dire : tu savais ce qui allait arriver à Franz ?

– Oui.

– Et tu n'as rien dit ? Ni à lui ni à personne ?

– Non.

Nous étions affalés sur le toit de la caravane. La nuit était fraîche, l'air était saturé d'humidité et nous avions monté des couvertures, des oreillers et un thermos de café, dans lequel nous ajoutions de larges rasades du calva que j'avais chipé la veille dans le minibar du pigeonnier. Nous partagions notre logement depuis quelques jours maintenant, et l'alcool rendait Anton plus volubile que d'ordinaire. Il m'avait raconté l'histoire de sa famille, comment était née sa passion pour l'équitation et tous les sacrifices, tous les efforts qu'il avait endurés pour en arriver là. Enfin je crois, car je n'avais pas écouté. Il avait dit : « J'en rêve depuis mon enfance » et j'avais fermé les yeux en m'imaginant loin d'ici, il avait dit : « Je suis prêt à tout pour y parvenir » et j'avais tenté de trouver un peu de Paul-Émile dans sa voix. J'avais eu beau forcer sur le calva, ça n'avait pas fonctionné. Résultat : j'étais maintenant un peu saoul, en plus d'être crevé.

Cela faisait en effet des jours que la mauvaise plaisanterie de Janus durait. Nous devions nous lever aux aurores pour tourner et retourner dans la carrière, exécuter boucles et arabesques jusqu'à la tombée de la nuit, et puis marcher, courir, stationner, courir de nouveau, sauter, marcher encore, sans nous arrêter et sans avoir pour le moment approché un cheval. C'était à tomber dingue. Le site Internet de l'académie insistait sur la dispense d'une formation complète, sur la pratique de l'équitation, et aussi de la danse, de l'escrime, du chant ou du tir à l'arc japonais, mais là, avec la meilleure foi du monde, je ne voyais pas le rapport. Je commençais sérieusement à me demander s'il ne se moquait pas de nous. Nous ne cessions de reprendre à l'infini le même enchaînement de pas et de figures sur la piste. Il nous fallait œuvrer dans le froid et en t-shirt sans savoir ce qu'il recherchait exactement, où ça devait nous mener et quand ça s'interromprait. Il n'avait formulé aucune justification, aucun éclaircissement sur ses attentes.

Il aurait pu au moins nous prodiguer de vagues conseils. Partout où j'avais traîné mes guêtres, les instructeurs en étaient friands. Ils affirmaient d'un ton péremptoire que l'on ne pouvait pas tricher avec un cheval, ou alors que l'équitation nécessitait de l'abnégation, de l'humilité, de la patience, qu'elle rendait l'homme meilleur et plus sage, même si c'était ingrat, difficile. Ils adoraient balancer ces inepties depuis le centre du manège, tout en corrigeant sans grande conviction un écart de jambe ou l'angle d'une épaule. Ça leur donnait une prestance, un air supérieur, mais Janus n'avait pas besoin de ça. Le silence qu'il imposait depuis le haut des gradins suffisait. Nous pouvions sentir son regard sur nous tandis qu'il traquait nos erreurs, relevait le plus infime déséquilibre dans nos positions. Bien souvent, comprenant son irritation sur un virage mal négocié ou un changement de main raté, nous reprenions l'exercice du début sans qu'il ait exécuté un geste ou prononcé le moindre mot.

Ce matin pourtant, il s'est décidé à parler. Une poignée d'élèves – Cléopâtre, la fille tatouée et une autre, une petite que l'on aurait crue enceinte de trois mois à cause de son ventre proéminent – sont venues le trouver pour demander des explications sur la teneur de ses cours. Il a repoussé sa capuche, il a souri. Et puis il a répondu que ça ne servait à rien d'expliquer tant qu'elles n'étaient pas prêtes à ressentir.

– Et les chevaux ? a sifflé la fille enceinte. Quand va-t-on enfin les voir, les monter, les panser ? Après deux semaines, il serait temps, non ?!

Je n'aimais pas cette nana. Je ne supportais pas sa façon de la ramener à chaque repas avec ses discours provéganes ou son intolérance au gluten, mais là, j'ai eu peur pour elle. Janus a retroussé ses manches et il a approché son visage tout contre le sien.

– Dis-moi pourquoi je devrais te confier un cheval ? a-t-il soufflé. Ça ne sert à rien de monter si tu ne sais pas quelle personnalité tu vas me présenter une fois en selle. Tu es qui au juste, Ute ? Tu es une fille à papa arrogante, une amoureuse des animaux un peu nunuche ou juste une gamine qui a encore tout à apprendre de la vie ? En as-tu seulement une idée ?

Ute, c'était aussi le nom du berger allemand appartenant au type qui surveillait la villa des parents sur l'île de Ré. En y songeant quelques heures plus tard tandis que je me resservais du café, j'ai réalisé que la ressemblance était en plus frappante – quelque chose dans les yeux, aurais-je dit.

Ça m'avait fait rire et j'ai demandé de nouveau à Anton ce qu'il en pensait. Il ne m'a pas entendu, je crois. Il était allongé de tout son long sur le toit et paraissait avoir sombré dans des rêveries alcoolisées.

– Tu penses à quoi ? ai-je fait plus fort.

– À moi-même, a-t-il soupiré sans ouvrir les yeux.

Nous sommes restés là encore un moment, silencieux, avant qu'un crachin ne nous envoie au lit. Enfin surtout moi, car comme chaque soir Anton a éteint, il a attendu une bonne heure, puis il s'est relevé en douce et il est sorti. Il faisait ça depuis le début de notre cohabitation. Il rentrait à l'aube, il s'enfermait dans la salle de bains où la douche coulait longuement et je me demandais ce qu'il avait fabriqué de sa nuit.

Cette fois, j'ai sauté dans mes baskets pour le suivre à distance. Il a quitté l'enclos des caravanes, s'est introduit en silence dans les écuries. Personne n'avait sorti les chevaux depuis notre arrivée et l'on percevait leur impatience, leur fougue, qu'ils ont franchement manifestées à notre passage. Ils se sont réveillés d'un coup et se sont mis à souffler, à hennir, ils ont rué, boxé les portes des stalles jusqu'à faire vibrer le bâtiment tout entier. Le hangar semblait contenir mille bêtes issues tout droit des enfers et, forcément, Anton a senti quelque chose. Il s'est retourné à plusieurs reprises et j'ai préféré me planquer dans la sellerie. J'ai compté dix minutes puis, ayant deviné sa destination, je l'ai rejoint par l'extérieur.

Le manège d'apparat se dressait juste derrière. C'était un édifice de bois brut, avec une haute charpente illuminée par des dizaines de lustres en verre. Anton les ayant tous allumés, je me suis faufilé sous les gradins pour l'espionner. Il avait ôté sa chemise, il se regardait dans les miroirs qui habillaient la salle et renvoyaient son reflet à l'infini. Il est demeuré de longues minutes à se jauger, à faire rouler ses muscles sous sa peau, se masser la nuque ou les épaules ou les reins. Puis il s'est élancé.

Je n'ai pas compris immédiatement. Il m'a fallu me pincer pour accepter qu'il était complètement marteau. Nous avions souffert tout le jour les facéties de Janus et il remettait ça au cœur de la nuit. Il répétait encore et encore, il continuait d'enchaîner les pas, de repasser les transitions, contrôlant sans cesse la torsion de son buste ou la rotation de sa tête. D'où j'étais, j'avais l'impression que son corps entier vibrait et c'était assez beau à voir.

– Je sais que tu es là, a-t-il déclaré en s'arrêtant pour souffler. Je t'ai entendu.

Je me suis reculé dans l'ombre, j'ai retenu ma respiration.

– Viens plutôt m'aider. Je voudrais te montrer quelque chose.

J'ai pointé mon nez comme si de rien n'était. J'ai quitté ma cachette sans me justifier pour attraper avec lui le cheval d'arçon et l'installer au centre de la piste.

– Tu as déjà pratiqué la voltige ? a-t-il demandé en déroulant deux épais tapis en mousse sur le sable.

– Jamais eu l'occasion. J'ai le vertige en plus.

– Tu dois essayer, ça va te plaire.

Il m'a fait une démonstration. Il m'a expliqué l'étendard, le pendu ou l'amazone, il a passé de nombreuses figures du haut de son tonneau et, personnellement, j'en ai surtout conclu que ça me ferait vomir. Il a voulu que je tente et j'ai décliné en arguant que j'étais souple comme un piquet. Il est alors descendu de son perchoir et m'a ordonné de m'allonger. Il a dit : « C'est toi qui m'as suivi », il a dit : « Tu n'as pas le choix », puis il m'a couché au sol pour me montrer comment exécuter les mouvements de base. Il a tiré sur mes bras, poussé sur mes jambes avec son torse, et alors mes mains sur sa peau, la sueur coulant dans son cou ou ses yeux brillants, tout ça m'a forcé à respirer profondément afin de ralentir les battements de mon cœur.

J'avais presque réussi, quand un raffut pas possible nous a fait sursauter. On a entendu des portes claquer, des cris s'élever et les Frisons sont apparus. Ils ont fait irruption sur la piste comme un mirage, cavalant à vive allure l'un à côté de l'autre, opérant bonds et ruades, donnant des coudes, leurs épaules et leurs flancs se frôlant. Ils étaient d'une beauté stupéfiante. Leur robe d'ébène se confondait avec leur ombre sur les murs du manège, leurs sabots battaient un rythme sourd qui montait jusque dans les cintres.

Ils ont tourné, tourné, nous retenant prisonniers Anton et moi de leur danse. Je ne sais plus aujourd'hui combien de temps a duré ce mirage, je sais juste que je me sentais étourdi, groggy, quand ils se sont arrêtés. Janus est entré à son tour sur la piste. Il était vêtu cette nuit-là et toutes celles à venir d'un long manteau de cuir. Il a émis un bruit sec avec sa bouche, il a levé les bras en croix et les deux Frisons ont aussitôt stoppé leur course.

On aurait dit après un spectacle calé au millimètre, un film dont tout le monde sauf moi aurait lu le scénario. Les chevaux ont marché dans notre direction, Janus est passé derrière nous et Anton a sauté sans hésiter sur le dos de l'une des bêtes. J'étais visiblement le seul à ne pas connaître le prochain tableau. Si j'en avais eu une idée, probablement n'aurais-je pas répondu à l'invitation silencieuse de Janus en enfourchant l'autre cheval un peu comme dans un rêve.

Je suis vite revenu à la réalité. Janus a observé un instant comment nous commandions nos montures, puis il a donné de la voix pour nous adresser ce qui a d'abord ressemblé à des conseils, avant de se muer en reproches, voire en remarques acerbes. Rien n'allait et il ne s'est pas gêné pour l'exprimer. Nous ne poussions pas assez avec notre bassin, nous ne contenions pas assez l'épaule de notre cheval, nous le laissions sans cesse nous fuir.

Il a tout gâché, mais je n'ai pas réagi, j'étais trop fatigué. Il y avait en plus un truc m'échappait. Je tentais d'attirer l'attention d'Anton et il faisait semblant de ne pas me voir.

– Il faut tout reprendre à zéro, a tonné Janus en nous ordonnant de mettre pied à terre, il faut tout réapprendre. Nous pouvons faire de grandes choses ensemble, mais vous devez me montrer que vous le voulez vraiment.

Il a renvoyé d'une claque les Frisons qui se sont réfugiés dans un coin du manège où ils se sont ébroués. Pendant ce temps, il est allé fouiller un coffre, d'où il a sorti deux fleurets qu'il nous a tendus.

Voilà qui était assez cocasse pour cette heure tardive. Que voulait-il ? Devait-on livrer bataille jusqu'à ce que mort s'ensuive ? J'ai adressé un clin d'œil à

Anton, mais il n'a pas eu la réaction escomptée. Il était soudain livide. Il a fait vibrer l'air de sa lame, comme s'il prenait cela au sérieux.

C'est là que Janus nous a ordonné de nous battre. J'en suis resté interdit. Je n'y connaissais rien à l'escrime artistique. Les quintes, les tierces, les quartes inversées et autres simagrées, ça me passait au-dessus de la tête. Déjà que je ne comptais pas devenir écuyer, j'envisageais encore moins une carrière de danseur ou de cascadeur. Je trouvais l'exercice grotesque et je ne m'en suis pas caché.

– Hé doucement, ai-je lancé en arrêtant à la chance la première charge d'Anton. Je ne suis pas Jon Snow, ai-je pouffé sans parvenir à le dérider.

Anton ne paraissait plus lui-même. Il avait les muscles du cou contractés, les mâchoires serrées, et il m'a inquiété. Il est revenu à l'assaut telle une furie. Il a enchaîné les passes et j'ai agité mon arme devant moi en reculant. Je craignais qu'il m'embroche, il ne retenait pas ses attaques et j'entendais Janus qui l'encourageait, sans se préoccuper le moins du monde de notre sécurité.

Je ne sais pas si c'est le fait de me sentir acculé ou l'épuisement ou le calva, mais quelque chose est monté en moi, quelque chose que je ne connaissais pas ou que j'avais jusque-là étouffé sous les décibels. J'ai poussé un cri, j'ai hurlé : « Ça suffit », j'ai hurlé : « Allez tous vous faire voir » et j'ai donné un grand coup de fleuret.

Anton a aussitôt lâché son arme. Il a porté une main au visage et je ne me rappelle plus quand j'ai réellement compris ce que je venais de faire. Si c'est en apercevant le sang perler entre ses doigts ou en croisant le sourire satisfait de Janus.

5. contention

Après ça, je n'ai plus su sur quel pied danser avec Anton.

Dans la journée, alors que les entraînements à cheval avaient enfin débuté, alors que nous comprenions enfin l'intérêt de ces heures à marcher dans la carrière maintenant que nous étions en selle, maintenant que nous savions exactement pourquoi notre monture trébuchait ou piaffait à tel endroit du parcours car nous l'avions fait avant elle, maintenant que nous étions tous à l'écoute, avertis, je m'en voulais un peu. J'aurais pu lui crever un œil cette nuit-là. Je me sentais coupable et je me serais volontiers excusé, si nous avions eu ne serait-ce qu'un rapide moment de liberté.

Le soir par contre, quand tous les élèves dormaient déjà, quand Janus nous poussait toujours plus avec Anton, nous forçait à nous mesurer, nous affronter et utilisait les erreurs de l'un pour moquer l'autre, nous mettait en concurrence en nous invitant à nous dépasser dans des exercices plus complexes que ceux répétés en groupe, bref, dans ces moments où j'étais à vif et observais mon camarade, où j'apercevais la longue estafilade qui lui barrait désormais la joue, je me disais non seulement qu'il l'avait cherchée, mais aussi qu'il ne fallait pas qu'il l'ouvre trop, car j'aurais très bien pu lui dessiner la même de l'autre côté du visage s'il y tenait.

Mon humeur était donc assez fluctuante. Je changeais sans cesse d'opinion et lorsqu'est arrivé le dimanche, lorsqu'on a pu souffler, se poser et laisser la pression redescendre, j'ai saisi une accalmie dans notre emploi du temps pour crever l'abcès. J'ai pisté Anton à travers l'académie avant que l'envie d'en finir ne m'abandonne. Je l'ai déniché dans un box tout au fond du domaine, en train de bouchonner un Quarter Horse particulièrement revêche qu'il avait monté la veille ou l'avant-veille, je ne sais plus car je les mélangeais tous. Janus nous forçait en effet chaque jour à changer d'animal, et aucun ne portait de nom. « Il n'y a pas d'individualités ici », avait-il déclaré quand l'Asiatique aux pieds légers avait requis des explications. « Il n'y a que l'école », avait-il péroré et tout le monde l'avait trouvé flippant, sauf Anton qui connaissait visiblement la réplique.

– Ça te dirait une balade ?

J'étais entré sans m'annoncer. J'avais zappé sciemment les « Salut ! » ou les « Comment ça va ? », et j'avais aussi évité de fixer sa cicatrice. Il a marqué un léger temps d'arrêt, avant de reprendre sa tâche.

Il a attrapé la brosse à crin, il a poussé le cheval de l'épaule et commencé à lui démêler la queue.

– Tu es au courant pour Anuschka ? a-t-il soufflé sans lever la tête. Tu sais qu'elle a appris pour nos entraînements du soir ?

– Anuschka ? Qui c'est celle-là ?

– L'Autrichienne. Elle a tout balancé aux autres et ils sont furieux. Ils disent que c'est inadmissible, ils disent qu'ils ont payé le même prix et qu'ils devraient y avoir droit également. Ils n'arrêtent pas de gueuler depuis ce matin.

– Ils peuvent gueuler tant qu'ils veulent. C'est Janus qui décide. Et c'est parce que nous sommes meilleurs qu'eux, non ?

Cette fois, il a levé les yeux. Il a abandonné sa brosse, il m'a scruté en bombant le torse. Je n'étais pas étonné. Je connaissais son esprit de compétition. Je savais que la flatterie fonctionnerait.

Dix minutes plus tard, j'avais fait les présentations avec Ombligo.

Anton a prétendu n'être jamais entré dans le pigeonnier, n'avoir jamais imaginé que Janus y logeait un cheval dans un tel luxe et je n'ai rien dit, même si j'étais sûr qu'il mentait, comme pour Franz, comme pour l'escrime. Je n'avais pas envie de me chamailler et la présence d'Ombligo me rendait conciliant. Sa compagnie avait le don de m'apaiser, sans que je comprenne bien pourquoi. Ce n'était qu'un fichu animal, mais je venais le visiter chaque jour. Je venais tôt le matin ou tard le soir, je m'asseyais dans le canapé ou m'allongeais dans la paille à ses côtés. J'ignorais ce qui me touchait tant chez lui, si c'était sa fragilité, ses manières altières ou si c'était juste parce qu'il paraissait plus humain que mes camarades du moment.

J'ai pris le temps de le saluer. J'ai glissé une main dans sa crinière, j'ai posé mon front sur son chanfrein et lui ai demandé si, lui aussi, ça lui disait d'aller faire un tour.

Pendant ce temps, Anton explorait la bibliothèque du coin salon. Entre les sommes sur l'art équestre par Baucher ou la Guérinière, entre *Les Bucoliques* ou *La Divine Comédie*, entre *Mort dans l'après-midi* et *L'Été dangereux*, il y avait un tas de photos jaunies qui avaient l'air de le fasciner. Janus et Ombligo y paraissaient dix ans de moins. Ils étaient à Madrid, à Paris, à New York ou à Pékin, ils étaient fiers, ils étaient beaux. Anton s'arrêtait sur chacun de ces clichés, notamment ceux où l'homme et le cheval semblaient ne faire qu'un pour affronter, tel un centaure, un immense taureau andalou. Il était fasciné et ne voyait rien d'autre, jusqu'à ce que je passe un licol à Ombligo.

– T'es dingue ?! a-t-il balbutié. Et Janus ? Qu'est-ce qu'il fera s'il l'apprend ? Il va nous exclure… Ou pire encore !!

J'aurais pu le gifler pour le ramener à la raison, mais j'ai choisi la manière douce.

– Arrête de dramatiser, ai-je dit en guidant Ombligo vers l'extérieur. Janus nous sert depuis des jours le même refrain, répétant qu'il faut nous affirmer, qu'il faut oser. Il est peut-être temps de lui donner ce qu'il attend, non ?

Nous n'en avons pas reparlé ensuite. Nous n'avons pas parlé du tout à dire vrai, nous avons cheminé en silence à travers la campagne opalescente, nous passant la longe à intervalles réguliers, nos souffles ajoutant par bouffées au brouillard extrêmement dense ce matin-là. Il était encore tôt et tout le monde devait rattraper son manque de sommeil, mais nous nous sommes quand même éloignés des bâtiments de l'académie. J'ai laissé Anton ouvrir la route et il m'a guidé dans des parages que je ne connaissais pas. Je n'avais guère traîné du côté du lac et il m'y a tout montré. L'embarcadère où mouillaient plusieurs barques en teck, la plage de galets, la plateforme en bois perchée dans un cèdre… Il m'a montré tous ces endroits dont on aurait pu tirer grand plaisir si la température n'était pas digne d'un mois de décembre. Il m'a aussi indiqué au loin les ruines d'un bâtiment inquiétant rongé par la végétation – Janus me raconterait bientôt pas mal d'horreurs sur cet ancien hôtel –, mais nous n'avons pas poussé jusque-là.

La balade nous a fait du bien à tous les deux. Nous avons retrouvé une certaine complicité, et c'est en plaisantant que nous avons regagné le pigeonnier. Rien n'aurait pu à cet instant entamer notre bonne humeur, et surtout pas l'apparition de Nazir. Il nous a épiés depuis son tracteur tandis que nous rentrions Ombligo et nous ne nous sommes pas cachés. Je lui ai même fait signe de la main, curieux de voir ce qu'il allait en faire.

Il a fallu attendre le lendemain six heures pour que Nazir se décide. Il est venu frapper à notre porte alors que nous finissions de nous préparer.

– Janus m'envoie, a-t-il dit un peu gêné quand j'ai ouvert. Vous ne devez plus quitter la caravane jusqu'à nouvel ordre.

– C'est tout ?

– Non. Vous devez aussi me remettre votre walkman.

C'était évidemment un coup bas, mais j'ai donné l'appareil sans broncher.

Par contre, je n'ai pas réussi à dissimuler ma stupeur lorsqu'il a appelé Anton. Il a crié qu'il allait être en retard à la carrière pour l'entraînement, et Anton est passé devant moi sans un regard. J'en ai eu le souffle coupé, au point de devoir sortir ma Ventoline.

J'y ai beaucoup repensé ensuite. J'ai eu du temps pour ça. Je me suis rejoué la scène tout le lundi, et aussi le mardi, et aussi le mercredi. Pendant trois jours et trois nuits, l'effarement et l'amertume et surtout la colère ne m'ont pas quitté. Je me sentais con d'avoir imaginé Nazir en mouchard quand – je le pressentais et j'en aurais vite la confirmation – Anton était prêt à tout pour s'attirer les faveurs de Janus. Mais plus que sa trahison, sa délation, j'en voulais à mon camarade d'avoir mis à nu en moi cette rage que je connaissais trop bien et qui, sans musique pour l'inhiber, n'a cessé d'enfler. Ça faisait longtemps que je ne m'étais pas retrouvé dans cet état. Même si j'avais pu me faire exploser les tympans avec du Suicidal Tendencies ou du Brutal Truth, cela n'aurait pas suffi cette fois. J'étais furieux et rien ne pouvait me calmer.

J'ai essayé pourtant. J'ai tenté de mettre ces jours d'isolement à profit pour m'interroger et creuser, chercher d'où provient toute cette colère rentrée en moi, cette violence que je retourne contre les autres ou contre mes oreilles. L'insouciance de mes parents, leur indifférence à ce que je vis est de toute évidence en cause, mais ce n'est pas tout, ce n'est pas si évident. Il y a bien sûr autre chose. Quelque chose dont je refuse de me souvenir, je le sais. Je me répète depuis des années que si j'arrive à oublier, ça n'aura peut-être jamais eu lieu, je me dis que ces images abjectes flottant à la lisière de mon esprit (son sourire de vieil homme concupiscent, ses paroles déplacées, sa main entre mes jambes), ces sensations qui parfois m'étouffent (la peur, la honte, le dégoût) ne deviendront qu'un simple cauchemar si je m'empêche d'y penser. Je n'y parviens hélas jamais tout à fait. Et ce coup-là en plus, je n'avais pas mon remède habituel pour tenir à distance les souvenirs. Alors, comme je ne pouvais m'asséner ni riffs et ni blast beats, j'ai essayé d'autres trucs. Casser de la vaisselle, graver des dessins obscènes sur les murs ou me saouler au calva. Ça n'a pas fonctionné, et je commençais à virer dingue quand j'ai trouvé par hasard la solution.

Contre toute attente, c'est de ne rien faire qui m'a sauvé. C'est de m'affaler sur la banquette du coin salon et d'observer longuement le paysage à travers la vitre de la caravane. Ça paraît con, ça paraît gros, mais c'est bien la nature qui m'a apporté la paix.

Il y avait des semaines que le temps refusait de se lever. L'académie et plus largement les forêts au loin, les montagnes ou même le lac, demeuraient à demi voilés par une brume épaisse qu'on aurait pu confondre avec la fumée d'un incendie couvant quelque part dans la région. Le panorama restait masqué, comme beaucoup de choses ou de gens dans le coin. Les températures jouaient au yoyo, on pouvait crever de chaud à minuit et claquer des dents en plein après-midi. C'était un été étrange, un été qui avait perdu les pédales, et il n'y avait peut-être pas à s'en étonner. Quoi de plus normal, à dire vrai, quand l'époque tout entière partait à vau-l'eau ? Pourtant, ce caractère immuable de la vue sur la vallée depuis la couchette où j'étais vautré vingt-quatre heures sur vingt-quatre a eu un effet inattendu sur moi. Ce paysage inaltérable en camaïeu de bleu et de vert conférant aux perspectives la profondeur du rêve, avec ses cyprès tirés au couteau, ses pentes toutes en lavis et son brouillard troué aléatoirement par le soleil, ce spectacle indissoluble m'a retenu au bord de la raison durant trois jours interminables.

D'ailleurs, le soir où Nazir a annoncé en déposant mon repas qu'on m'attendait ensuite à la villa, je n'ai d'abord pas bougé. J'avais retrouvé un calme relatif, ou tout du moins étais-je assez sot pour le croire, et c'est sur ce mirage que je me suis appuyé pour finir par me lever, m'habiller et sortir.

J'ai marché un moment au hasard de la nuit. Mes membres étaient engourdis, perclus de courbatures, je n'avais pas bu et j'avais l'impression d'être ivre malgré tout, l'air frais qui circulait dans mes poumons me montait à la tête et je peinais à avancer droit. Je me suis orienté grâce aux éclairages qui miroitaient derrière les fenêtres en demi-lune de la villa. J'ai essayé plusieurs portes avant d'en trouver une qui n'était pas verrouillée et ouvrait sur une vaste salle de réception.

C'était un endroit comme je n'en avais encore jamais vu. Le sol était pavé de pierres noires irrégulières qui absorbaient la lumière de plusieurs spots basse tension. La pièce était décorée d'une collection de costumes suspendus aux murs et protégés par des vitrines. Il y avait là des habits de matador, des tenues anciennes de cavalier, des robes d'équitation datant de l'époque victorienne, mais aussi des accoutrements bien plus étranges, inquiétants, des déguisements avec des têtes d'animaux ou des masques de démons asiatiques. Et puis il y avait au milieu une table en chêne, sur laquelle trônait un objet curieux dont je me suis approché. J'ai passé une main sur ce cylindre sombre d'environ un mètre de diamètre, j'ai cherché un indice qui renseignerait sur son office ou sur la fonction des fentes perçant son flanc à intervalles réguliers.

Mes doigts ont découvert un interrupteur que j'ai enclenché. L'intérieur s'est alors allumé, le solide s'est mis à tourner sur lui-même. Je me suis penché pour regarder à travers les fentes. J'ai aperçu la course parfaite d'un cheval, décomposée mouvement après mouvement dans une séquence saccadée. Et ce cheval, ce pas léger, précis, je le connaissais.

– Fascinant, n'est-ce pas ?

J'ai sursauté, me suis retourné.

– Ça s'appelle un zootrope, a-t-il murmuré en sortant de la pénombre. C'est l'ancêtre du cinéma.

Janus, d'ordinaire toujours rasé de près et savamment habillé, s'est montré le cheveu hirsute, la barbe mal taillée, flottant dans un jogging trop grand pour lui. Il aurait pu m'effrayer, mais j'étais presque rassuré de découvrir qu'il était un humain comme les autres.

– Je suis désolé d'avoir réagi ainsi. J'aurais dû prendre le temps de réfléchir quand Anton est venu me trouver. C'était puéril de ma part de te confiner seul dans ta caravane. Il aurait mieux valu te parler, t'expliquer.

Il ne faisait pas très clair et je me suis demandé s'il était sincère ou si c'était encore l'un de ses mauvais tours.

– Essaie de comprendre. Je dois être ferme, exigeant. Je n'ai pas le droit de vous gâcher. Surtout Anton et toi. J'ai de grands projets pour vous.

Il a fouillé ses poches. Il a sorti un paquet de cigarettes et en a allumé une, sur laquelle il a tiré longuement. Quand on se rappelait les centaines de panneaux mentionnant l'interdiction formelle de fumer sur le site de l'académie, c'était plutôt cocasse. Tout était en bois ici, il aurait suffi d'une étincelle pour flanquer le feu.

– Je cache Ombligo comme on cache son point faible. J'ai tellement vécu avec lui, tellement créé, affronté, remporté. Il va bientôt partir et je ne parviens pas à me faire à cette idée. C'est injuste, intolérable.

Il a écrasé sa cigarette au sol. Il s'est approché et j'ai regretté de ne pas avoir terminé le calva avant de venir. L'aurais-je fait, ce qui a suivi se serait chargé de me dessaouler en vitesse.

– S'il te plaît, Luca, a-t-il balbutié en me prenant dans ses bras sans recueillir mon consentement. Pardonne-moi, a-t-il murmuré en posant son front sur mon épaule, mais aussi en me serrant si fort qu'il menaçait de me briser tous les os du corps.

6. étourdissement

On aurait pu supposer que cette soirée allait changer quelque chose, mais non. Rien n'a changé, et surtout pas Janus. À aucun moment durant la semaine qui a suivi, il n'est revenu sur cette scène embarrassante ou sur la façon dont il a longtemps pleuré sur mon épaule avant de me renvoyer dans ma caravane.

Si je croyais maintenant comprendre d'où lui venait son surnom, je n'en étais pas moins déboussolé. J'étais évidemment troublé par son comportement, que je me suis mis à guetter plus que de raison. Il n'a montré toutefois aucune attention particulière envers moi ou Anton ou tous les autres. Il est resté ce despote autoritaire et imprévisible que nous souffrions depuis le premier jour. Il devenait même de plus en plus exigeant, il dissimulait de moins en moins son impatience. Nous ne comprenions pas l'objectif du numéro auquel il disait nous préparer, nous sentions qu'il nous manquait une pièce du puzzle, mais il n'en avait cure et nous éperonnait encore et encore pour que nous nous améliorions.

Les entraînements du soir n'étaient pas plus reposants. Janus imposait de revoir en boucle les mêmes passes d'armes à cheval et refusait la moindre discussion. Anton et moi ne nous parlions plus de toute façon, ce silence nous allait. Il avait débarrassé ses affaires dans une autre caravane, il avait remplacé *Une saison en enfer* par *Le Paradis perdu*, mais au fond de son regard je lisais toujours la même détermination farouche, la même hargne de réussir, dût-il pour ça me marcher dessus.

Les rares instants où il abaissait sa garde, c'était lorsque Janus évoquait à demi-mot sa vie d'avant et les spectacles de théâtre équestre ayant bâti sa renommée. Il prenait exemple sur l'un de ses numéros passés pour expliquer un choix ou une attente et Anton était aux anges. Pour ma part, je ne connaissais rien de cette époque. Je savais seulement que Janus avait abandonné la scène depuis dix ans, se consacrant désormais à des formations qu'il vendait au prix fort à des jeunes débarqués des quatre coins du monde.

Je les laissais alors échanger entre eux et profitais de ces instants pour me réfugier dans le souvenir de mes rêveries nocturnes. Parce que c'était la seule chose qui avait changé finalement. Je faisais en effet le même songe chaque nuit, quand d'ordinaire mon sommeil était un puits de ténèbres.

Je m'en souviens encore aujourd'hui. Ça commence et je suis à la fenêtre d'une cuisine, je me suis réveillé dans une grande maison qui n'est pas la mienne, je suis descendu pour boire un verre d'eau ou passer aux toilettes et je suis sur le point de remonter me coucher quand mon regard est attiré vers le jardin, où j'entrevois un cheval dans la brume. Je m'approche de la fenêtre et le cheval lève brièvement les yeux vers moi. Il hume l'air avec appréhension, il secoue la tête et un second animal apparaît derrière lui, puis un troisième, puis un quatrième. Bientôt un troupeau entier de poulains à la robe blanche batifolent devant la maison. Je sens que je suis en train de rêver, mais j'enroule tout de même une couverture autour de mes épaules avant de les rejoindre. Je m'approche et ils lèvent leurs yeux bleus vers moi. Ils observent d'un air curieux les volutes de buée sortant de ma bouche, ils m'entourent, ils se laissent flatter l'encolure ou gratter entre les oreilles. Je leur tends une main qu'ils flairent, lèchent, et je suis serein, je ne m'inquiète pas une seconde quand ils se mettent à mordre, à croquer mes doigts les uns après les autres. Je regarde leur museau maculé de sang et je souris.

Ils me dévorent chaque nuit un peu plus et, le dimanche d'après, j'ai d'abord vérifié en m'éveillant que j'avais toujours mes deux bras. C'est seulement ensuite que je suis allé déverrouiller la porte de la caravane à laquelle on cognait depuis une bonne dizaine de minutes.

– Qu'est-ce qu'il veut encore ? ai-je grommelé en ouvrant.

Le soleil se levait à peine et Nazir avait sa mine des mauvais jours, celle qu'il affichait quand Janus l'envoyait exécuter de basses besognes.

– Je dois vous accompagner au débarcadère. Je vous conseille d'emporter un chapeau, car ils ont annoncé beau temps.

J'ai bougonné en réponse à sa plaisanterie douteuse et je lui ai demandé de m'attendre dehors. J'en avais pour cinq minutes, ai-je dit, même si j'ai pris en vérité une demi-heure pour me préparer, m'offrir une douche et un café lyophilisé.

Je l'ai retrouvé sur son tracteur, plongé en pleine lecture.

– La vache ! ai-je sifflé en apercevant enfin son bouquin. *Les Épîtres* de saint Paul ? Sans déconner ? C'est pire que ce que j'avais imaginé.

– Comment ça ?

– Je ne savais pas que ça existait encore les cathos.

Nazir m'a jeté un regard noir en glissant son ouvrage sous son pull. Il a démarré son engin, avant de répondre :

– Là où je suis né en Syrie, il n'y en a plus trop, c'est vrai. On les a tous assassinés…

Ayant clairement perdu une occasion de me taire, je l'ai mise en veilleuse durant le voyage. En plus, Nazir avait raison. Le linceul de brume qui nous enveloppait depuis des semaines s'était brusquement évaporé, révélant les montagnes et les forêts et l'horizon lointain.

J'ai eu ainsi le sentiment à l'approche du lac de débarquer dans un pays nouveau. Je découvrais soudain, en plus de la chaleur déjà cuisante du soleil, toute l'envergure du panorama. Nous sommes arrivés sur la rive et la profondeur des eaux, la hauteur des collines m'ont donné le vertige.

Janus se tenait au bout du ponton. Je l'ai reconnu sans mal, malgré son costume de lin et son panama couleur crème qui lui conféraient l'allure de Dirk Bogarde dans *Mort à Venise*. Il lançait des cailloux, effectuant des ricochets dont il comptait les orbes concentriques. Un canot en acajou était amarré à côté, ses puissants moteurs ronronnant au ralenti.

Nazir ne m'a pas salué en repartant, et son maître ne s'est guère montré plus cordial. Janus est monté à bord de l'embarcation, il s'est installé sur la banquette en cuir et il n'a pas réagi quand j'ai sauté sur le pont arrière pour le rejoindre.

Il a attendu que je sois assis, il a dit : « Écoute bien », il a dit : « Je ne le répéterai pas deux fois » et il m'a exposé brièvement le fonctionnement des commandes. Ça ne me faisait pas peur. Grand-père m'avait déjà fait conduire, au grand dam des parents. Il m'avait appris à pousser les rapports de son Alfa Spider sur les routes de campagne et ce n'était pas si différent.

Janus s'est chargé d'une main des manœuvres pour quitter la rive, puis il m'a laissé le volant. Comme il ne m'a donné aucune indication sur notre destination, je nous ai orientés face au soleil, même s'il me fallait du coup plisser les paupières et froncer les yeux en manquant beaucoup de ce paysage qui s'offrait enfin à nous.

– Plus vite, a ordonné Janus au bout d'un moment.

Notre allure me semblait déjà soutenue, mais j'ai obéi. J'ai poussé les gaz et ça ne lui a pas suffi.

– Plus vite. Vraiment.

J'ai accéléré. La coque s'est mise à taper la surface, soulevant des gerbes d'eau tout autour.

– Encore ! a-t-il hurlé par-dessus le bruit des vagues et le mugissement des moteurs – deux V8 dernier cri installés à sa demande lors de la rénovation du canot, m'expliquerait-il peu après.

Piqué au vif, je lui ai donné ce qu'il voulait. J'ai ignoré le compteur de vitesse déjà dans le rouge, j'ai monté les machines à fond dans les tours, faisant décoller le bateau. Janus s'est hissé en équilibre sur le dossier de la banquette, il a dressé les poings vers le ciel dans un grand cri sanglant de joie et je n'avais plus peur, je me sentais fort et fier et invincible.

Janus exultait. J'aurais encore été plus loin si les moteurs l'avaient permis et si, soudain, je n'avais pas aperçu droit devant une bouée ou un corps-mort, je ne saurais dire précisément. La lumière était aveuglante et Janus ne m'a pas autorisé à m'attarder. Il m'a arraché le volant des mains et le canot a entamé une longue glissade, durant laquelle j'ai pensé à chaque instant qu'il allait chavirer puis exploser comme dans un film de James Bond, alors qu'il est demeuré bien à plat et que Janus a continué de rire tout du long, là où pour ma part j'avais une franche envie de vomir.

J'étais encore barbouillé au moment d'aborder l'île. Janus, à qui j'avais volontiers abandonné les commandes, est venu se ranger au ras d'un escalier en fer planté dans la pierre et je n'ai pas tout de suite goûté la pureté des lieux. C'est bien plus tard que j'ai cerné ma chance. Après nous être enfoncés dans les profondeurs des terres, avoir marché en pleine nature au milieu des citronniers sauvages, des ifs, des cyprès du Cachemire et des azalées, après avoir soulevé plusieurs volées d'aigrettes ou de hérons et avoir grimpé sur des rochers qui surplombaient les eaux translucides du lac à trois cent soixante degrés.

– Dépêche-toi. Je veux te montrer pourquoi je t'ai amené ici.

Je l'ai rattrapé et suivi sur un chemin rocailleux, jusqu'au sommet d'une colline où se dressait une petite chapelle en pierre sèche. À l'intérieur, il y avait quelques bancs, quelques candélabres englués par la cire et, derrière une vasque en étain pour les baptêmes, une fresque à l'humeur byzantine figurant un ange qui s'interposait entre un démon cornu et un troupeau de chevaux.

– Au Moyen Âge, on venait ici des quatre coins du pays pour faire bénir ses bêtes à l'Assomption. Tu imagines un peu la fête que cela devait être ? L'île envahie par des hordes de poulains quasi sauvages, la danse mystérieuse des étalons à travers la lande et leur animalité qui contamine tout, les arbres, les pierres, les hommes… Quel bonheur ça devait être ! J'adorerais remettre cette tradition au goût du jour.

Il m'a interrogé sur ce que j'en pensais et, des fois que je n'aurais pas compris, il a ôté son chapeau et ses lunettes de soleil en prenant la pose devant la peinture. Je l'ai trouvé drôle, mais je n'en ai rien montré. Je lui ai seulement dit que ni l'ange ni le diable ne lui ressemblaient.

Ça n'a pas eu l'air de le vexer. Au lieu de répondre, il s'est approché d'une porte dans un coin de la nef. Il a testé la solidité de la chaîne et du cadenas qui la tenaient verrouillée puis, sans aucun avertissement, il a enfoncé le panneau d'un coup d'épaule.

– Viens, j'ai une surprise.

Il s'est engouffré dans l'escalier. J'ai hésité un instant avant de lui emboîter le pas. Il faisait sombre, les marches étaient de hauteurs inégales et j'ai dû me concentrer pour ne pas en rater une. La descente m'a paru interminable. J'avais perdu tous mes repères en arrivant à destination, et je n'ai pas compris tout de suite d'où provenaient la lumière et le bruit du clapot.

– La chapelle a été bâtie sur les ruines d'une ancienne villa romaine, a fait Janus quand je l'ai rejoint. Il n'en reste plus grand-chose, hormis dans cette salle souterraine, inaccessible par la rive.

La grotte était plutôt vaste. D'un côté elle ouvrait sur le lac et, de l'autre, se mélangeaient tout un tas de gravats, des morceaux de linteaux, de colonnes ou de chapiteaux.

– On prétend qu'elle aurait appartenu à un poète de l'Empire. Horace, Ovide ou Tibulle, on ne sait pas trop. C'est une simple hypothèse. À cause des fresques…

Janus a orienté sa lampe vers un pan de mur et j'ai frémi. J'ai vu ces peintures antiques, j'ai vu tous ces hommes nus, j'ai vu les positions scabreuses, les sexes en érection et j'ai eu immédiatement envie de me sauver.

– Les esprits superstitieux racontent qu'on organisait ici des orgies. Et aussi qu'on y a sacrifié pendant des siècles de jeunes garçons aux dieux anciens.

L'angoisse m'a soudainement saisi. Elle est montée d'un coup à l'intérieur de moi pour posséder mes membres et mes pensées. Ma tête me criait de fuir, mais mes jambes refusaient d'obéir. Je connaissais ce sentiment et je ne voulais pas revivre ça.

Sauf que Janus m'a commandé d'approcher, il a dit : « Viens plus près », il a dit : « N'aie pas peur, je ne vais pas te manger », et je me suis soumis à sa volonté. Je me suis avancé sans chercher à lui résister. Tout juste ai-je pu une seconde contrôler mes gestes et ramasser un éclat de tuf, que j'ai gardé serré dans ma main gauche.

– Regarde, a-t-il soufflé à mon oreille en passant un bras autour de mes reins et en éclairant une mosaïque aux couleurs flamboyantes.

D'aussi près, tout l'air était chargé de son odeur, un mélange entêtant de sueur, d'alcool, de tabac et de camphre. J'étais pris au piège. C'était la même sidération que lorsque j'étais enfant, la même impression de voir la scène depuis l'extérieur de mon corps et d'être incapable d'agir. Je ne pouvais détacher mon attention de la mosaïque, de la figure de cet homme, mi-bête mi-colosse, qui portait plusieurs chevaux par l'encolure.

– C'est l'un des travaux d'Hercule. L'enlèvement des juments de Diomède. Somptueux, n'est-ce pas ?

D'aussi près également, j'ai senti pointer contre mon ventre l'arme à feu dissimulé sous sa veste – un Beretta 92 constateront plus tard les *Carabinieri*.

– On dit que Bucéphale, le cheval d'Alexandre le Grand, était l'un de leurs descendants. Peut-être est-ce aussi le cas d'Ombligo, va savoir…

J'étais sur le point de perdre conscience, je le voyais venir. Tous mes nerfs étaient saturés par les signaux d'alerte, mon cerveau menaçait de se mettre en court-circuit. J'étais en surchauffe, incapable de réagir, et je connaissais trop bien cette sensation. J'espérais seulement que cette fois, des années après, j'aurais la force de m'opposer, de me battre, que j'aurais le courage de soulever mon bras pour frapper avec mon arme de fortune.

– Cette œuvre d'art est tellement belle…, a murmuré Janus. Hélas, comme Ombligo, toute beauté est condamnée à disparaître.

Il m'a enlevé la pierre des mains. Il l'a saisie et lancée de toutes ses forces sur la mosaïque qui a volé en mille miettes. Ensuite, il a approché son visage tout contre le mien :

– Rentrons maintenant. Il est temps de reprendre les entraînements et d'en venir aux choses sérieuses.

7. levage

Je me rappelle ensuite mes crises d'asthme fréquentes, mon souffle manquant, mes insomnies, mes angoisses, et c'est là que l'histoire est partie en vrille. La belle assurance qui était d'ordinaire la mienne, ma morgue légendaire, mon verbe haut ou ma droite sèche, tout ça s'est écroulé d'un coup, toutes ces défenses patiemment élevées depuis mon enfance ont sombré tel un château de sable emporté par la marée. Je ne sais pas pourquoi je ne m'en suis pas rendu compte, pourquoi je me suis voilé la face comme avec grand-père. Je n'étais plus un gosse. J'aurais dû cette fois résister, lutter, mais j'ai fait tout le contraire. J'ai refusé d'entendre la sonnerie qui retentissait chaque jour un peu plus fort sous mon crâne et je me suis enferré dans l'erreur.

J'ai passé par exemple beaucoup de temps avec Nazir. J'y voyais un moyen de rester à distance de son maître et j'avais imaginé qu'écouter ses soucis étoufferait les miens. Je l'accompagnais ainsi chaque soir pour doucher les chevaux. Pendant que les autres avaient déjà regagné leur caravane, je l'aidais à panser les bêtes. Plusieurs avaient chopé la teigne et il fallait les traiter, désinfecter leur box ou leur harnachement. C'était beaucoup de travail et nous terminions tard sans qu'il n'ait pipé mot.

Mon obstination a néanmoins fini par payer. Il a bientôt brisé le silence pesant qui régnait entre nous. Il m'a parlé du pays qu'il avait quitté, il a décrit la flamboyance de ses déserts, la richesse de ses villes qui ne sont plus aujourd'hui que des cimetières à ciel ouvert. Il a aussi raconté les courses traditionnelles auxquelles il brillait avant les ravages de la guerre, les chevaux magnifiques qu'il y avait menés à la victoire.

Si l'on parvenait à boucler nos tâches plus tôt, on s'asseyait dans la paille aux côtés d'Ombligo et il m'offrait une cigarette. C'était décidément une manie ici de fumer dans des endroits où tout pouvait flamber, mais je ne faisais aucune remarque. Je l'écoutais évoquer sa mère restée au pays, ainsi que ses deux jeunes sœurs pour lesquelles il se rongeait les sangs. Il disait compter les jours. Il expliquait combien il serait rassuré quand il pourrait enfin les accueillir en Italie, comme Janus le lui avait promis.

D'autres fois sinon, il grimpait sur la mezzanine du pigeonnier et je m'affalais sur le sofa, où je laissais la fatigue m'envahir pendant qu'il me lisait des extraits de son satané bouquin. Je n'y comprenais pas grand-chose. Heureusement il avait une belle voix, un timbre venu d'ailleurs qui donnait une couleur intemporelle aux paroles de saint Paul. Le type n'était pas un marrant, mais bizarrement ses maximes absconses m'apaisaient. Face à sa croyance un peu stupide en l'espérance et en l'amour, face à sa foi imperturbable en un monde meilleur, mes inquiétudes et mes doutes perdaient de leur tragique. J'en arrivais presque à penser que j'avais exagéré. Janus était un tordu, Janus était un sadique, mais ce n'était pas mon grand-père. J'étais en plus convaincu que Nazir me protégeait. J'évitais donc désormais de le brocarder, me contentant quand il m'adressait la parole de demander en souriant s'il comptait me vouvoyer longtemps. Bref. Jamais je n'aurais pu prévoir ce qui allait arriver.

C'est arrivé le samedi, après une semaine plus intense encore que les précédentes. On commençait le travail dès le lever du jour, mais nous n'en voyions jamais rien car nous avions abandonné le sable de la carrière pour la terre battue du grand manège, où nous restions cloîtrés jusqu'à la nuit. Janus avait modifié le programme sans prévenir. Il avait ordonné qu'Anton et moi reprenions les passes que nous avions étudiées en soirée pour les mêler au numéro. Ça avait bien sûr grincé des dents. Gros Mollets et Voix de Crécelle avaient protesté, miss Tatouages et Croupe Généreuse nous avaient lancé des regards noirs, mais très vite, tout le monde s'était mis au boulot. L'exercice se complexifiait et les chevaux réclamaient notre entière attention. Je crois aussi que notre prestation avec

Anton les a scotchés. Nous ne nous étions pas adressé un mot depuis un bail et, pourtant, nous n'avions jamais autant communiqué. À force d'abnégation et de reprises laborieuses, nous avions conçu un langage connu de nous seuls, nous avions forgé ensemble une aisance que les autres nous ont aussitôt enviée.

Ce samedi soir donc, Janus nous a retenus dans le manège et nous avons tous pensé que c'était pour nous féliciter. Il faut croire que la fatigue et le comportement du maestro ces derniers jours avaient émoussé notre jugement. Rares en effet avaient été les occasions où il était sorti de ses gonds, avait crispé les poings ou fait claquer sa chambrière au-dessus de nos têtes en jurant dans un patois qu'aucun d'entre nous ne comprenait, mais auquel les chevaux semblaient pour leur part très sensibles. Chaque fois ils s'étaient cabrés, ils avaient rué, et nous avions négligé leurs avertissements.

– Je veux que vous m'écoutiez attentivement, a déclaré Janus. Vous devez savoir ce qui vous attend.

Il tournait sur lui-même au centre du manège, les bras raides, le ventre bombé tel un matador. Ça aurait dû nous mettre la puce à l'oreille.

– Vous ne pouvez plus vous dissimuler derrière votre cheval. Vous devez maintenant obtenir tout ce que vous désirez de lui par la seule force de la pensée. Il ne doit jamais vous résister.

Il nous a fixés l'un après l'autre, avec ce même sourire glaçant qu'il avait affiché tout le long de notre virée sur l'île. Il était loin de moi, mais j'avais l'impression de sentir de nouveau son odeur et sa main sur mes reins.

– Vous n'avez plus le droit à l'erreur. À partir d'aujourd'hui, chacune de vos fautes entraînera un châtiment immédiat.

Il a ensuite crié : « À vos places », il a hurlé : « À vous de jouer » puis un truc en espagnol, et la porte des écuries s'est ouverte sur ce qui m'a d'abord paru être une apparition.

C'était un monstre de cheval. Un étalon de deux mètres au garrot, d'un noir abyssal et qui, sans anticiper sur le drame qui adviendrait bientôt, possédait la force d'un bœuf tout en excellant dans l'art de l'esquive. On avait fixé des cornes à son filet, et l'impression de puissance qu'il donnait n'a fait que croître à mesure qu'il s'est avancé. Il s'est approché lentement, poussé par son cavalier dont l'identité, même si son visage était dissimulé par une cagoule, ne faisait aucun doute. Nazir donc a tourné autour de nous et nous avons compris qu'il constituait, dans ce numéro que nous répétions sans relâche depuis des semaines, la fameuse pièce de puzzle qui nous avait jusque-là manqué.

Janus a mis de la musique en nous ordonnant de nous lancer. Le manège s'est empli d'une tarentelle et le maestro a littéralement exulté. Les coups de tambourin tombaient précisément sur les pas des chevaux, le tempo suivait à la seconde près le crescendo des spirales et des voltes que nous avions exécutées mille fois depuis notre arrivée à l'académie.

Nazir et sa créature mi-étalon mi-taureau ont sans mal trouvé leur place parmi nous. Ils circulaient entre nos pauses, nos revirements, ils procuraient du sens aux changements brusques d'appui qui nous avaient longtemps paru injustifiés. C'était magique, c'était miraculeux, et sûrement me serais-je laissé hypnotiser par ce savoir-faire hors pair si je n'avais pas senti venir le danger. La musique et Nazir n'ont eu de cesse d'accélérer, et l'on a abordé la deuxième partie du programme, ces diagonales au galop avec une figure en huit de chiffre où nous devions – je cite Janus – « donner le sentiment de danser avec la mort ». Sauf que la mort était désormais bel et bien visible, et qu'elle a fondu sans relâche sur chacun d'entre nous.

Nous sommes passés un par un et Nazir n'a montré aucune clémence. Il ne bridait pas sa monture, il la forçait même à baisser le front, à pointer ses cornes sur nous, n'affichant aucune émotion, aucune retenue s'il venait à nous frôler. Il avait de toute évidence envie d'en découdre. Il ne ferait de cadeau à personne, et encore moins à Anton ou à moi. Nous étions les plus exposés et la moindre erreur, le moindre faux pas pouvait nous faire mordre la poussière.

Pas tout de suite cependant, pas ici. Ce premier soir, nous nous en sommes sortis avec seulement quelques frayeurs. Certains ont eu toutefois moins de chance. Cléopâtre a chuté à chaque tentative, la Grande

Asperge a systématiquement perdu le contrôle de sa monture, et l'Autrichienne a effectué un vol plané impressionnant, une cascade où elle aurait dû se briser les vertèbres, mais dont elle s'est relevée la bouche pleine de jurons et de sanglots. Ça a duré comme ça jusqu'au cœur de la nuit. Janus a attendu que nous soyons rincés, déprimés, avant de dire : « Ça suffit pour aujourd'hui », dire : « Vous ferez mieux demain » et nous renvoyer exsangues vers nos caravanes.

C'est cette nuit-là que nous avons signé la paix avec Anton. Nous nous sommes retrouvés au club-house pour causer et c'est devenu une habitude après chaque reprise. Face au danger, nous avons arrêté de nous bouder pour au contraire nous serrer les coudes. Seule comptait notre survie et chaque soir où nous regagnions entiers notre lit était une victoire. Nous partagions ainsi nos impressions sur la prestation de Nazir, nous estimions ce qu'il pouvait tenter le lendemain. Il aurait bien sûr été plus instructif de lui tirer les vers du nez, mais il était devenu introuvable en dehors du manège. Selon Anton, il n'aurait de toute façon rien lâché. Il était l'âme damnée de Janus, il l'aurait suivi aux enfers s'il le fallait.

Nous avons également mis au point un discret système de communication pendant les reprises. Nous nous adressions quelques signes avant de nous lancer, nous conseillant en fonction des passages de nos camarades. Cela fonctionnait assez bien, même s'il était flagrant qu'Anton prenait régulièrement trop de risques et venait souvent provoquer Nazir d'un air bravache, en réduisant son allure ou en tardant à ramener sa jambe.

J'ai tenté de lui en parler un soir, mais il a aussitôt changé de sujet. Il est reparti sur ses obsessions du moment, ressassant son étonnement quant à la tournure que suivait ce stage. Il en avait fait des dizaines et jamais cela n'avait été aussi loin. Il ne comprenait pas ce que cherchait Janus. En plus, il le pensait effrayé par les taureaux depuis son accident.

– Quel accident ?

– Tu n'es pas au courant ?!

– Comment le serais-je ? Je ne sais rien de lui. Et le peu que je devine ne donne pas envie d'en apprendre plus.

C'était à moitié un mensonge, mais c'était de bonne guerre. Anton n'était pas non plus totalement honnête. Je ne connaissais pas la nature de ses rapports avec Janus par le passé et parfois j'imaginais le pire.

– Tu sais au moins qu'il a commencé par la corrida à cheval ? Il rêvait d'être *rejoneador*, l'un de ces cavaliers qui descendent dans l'arène...

– Et donc ?

– Attends, tu vas comprendre... Il a sillonné l'Espagne pendant un moment, traînant les *temporadas* dans l'espoir de se faire remarquer. Sauf que la corrida l'a boudé. On ne l'a jamais embauché pour autre chose que nettoyer les box ou ramasser le crottin sur la piste.

– Bon sang, c'est quoi le rapport ?

– Ben c'est pour ça qu'il a imaginé des années plus tard un spectacle équestre autour d'un taureau. Tu es au moins au courant que c'est ce numéro qui l'a rendu célèbre ?! Il l'a joué aux quatre coins du monde, il a été mille fois ovationné. Jusqu'au jour où…

– Le jour où quoi ?

– On ne sait pas trop ce qui s'est passé. C'était lors d'une représentation privée, pas très loin d'ici, et on n'a que des rumeurs. Une erreur de préparation ou une seconde d'inattention, impossible à affirmer. Certains prétendent que c'est arrivé parce qu'il ne montait pas Ombligo ce soir-là et que son infidélité a attiré le mauvais œil sur lui. Va savoir. Toujours est-il que son étalon s'est fait encorner, et lui avec. Ils ont été traînés un bon moment par le taureau avant que celui-ci ne soit abattu. On dit que les tripes du cheval ont été répandues à travers toute l'arène, mais qu'il vivait encore et que Janus a insisté pour l'achever de ses propres mains. Après ça, il n'a plus jamais donné de spectacle, préférant se consacrer à l'enseignement.

– C'est tout ? Je veux dire, le type passe son temps à faire le malin devant un monstre de cinq cents kilos et il s'étonne parce qu'il se fait un jour attraper ?

– Non, ce n'est pas tout. C'est probablement des conneries ça aussi, mais on raconte que le taureau l'aurait émasculé… Tu comprends maintenant ?

8. saignée

Les jours passaient et je comprenais surtout que mes camarades étaient en train de perdre les pédales. Ils se sont mis à tomber comme des mouches les uns après les autres.

Ça a commencé avec l'anorexique aux épaules frêles qui, un matin, ne s'est pas levée. On a cru à un excès de fatigue ou une côte froissée – elle avait la veille vidé les étriers et manqué se faire piétiner par le Shire de Nazir –, mais elle refusait simplement de quitter son lit. Elle s'était barricadée dans sa caravane, elle voulait dormir plusieurs jours d'affilée et il a fallu toute la diplomatie de la fille aux bras tatoués, qui parlait la même langue pleine de chuintements, pour résoudre la crise. On a eu ensuite l'Asiatique aux pieds légers qui a décidé de rater les déjeuners pour conter sa vie à son cheval, puis Cléopâtre qui s'est persuadée que son mauvais teint était dû à un truc que l'un d'entre nous déversait secrètement dans sa gourde, ou encore la blonde aux gros mollets qui s'est fait la malle une nuit. On l'a retrouvée le lendemain soir, à moitié déshydratée au bord d'un chemin de terre. Janus l'a raccompagnée lui-même à l'académie. Il lui a servi à boire et à manger, en se disant rassuré. « Je suis rassuré que tu aies compris par toi-même », a-t-il dit devant tout le monde. « Le sens du spectacle, c'est comme l'oreille musicale : on l'a ou on ne l'a pas », a-t-il affirmé froidement avant de lui tendre un billet de train et de siffler Nazir pour qu'il la conduise à la gare.

Je n'avais jamais apprécié cette fille et j'aurais dû m'en moquer. Sauf que je n'en menais pas large. En vrai, je ne valais pas mieux. La fatigue et le manque de sommeil me faisaient perdre le fil des journées. J'étais tellement épuisé que j'en oubliais par instants où j'étais et comment je m'appelais. Je sentais ma volonté et mon esprit lentement se dissoudre et je guettais l'heure où j'allais fondre un câble. J'avais fui ma famille au prétexte d'un stage d'équitation et je me retrouvais dans un camp à la discipline militaire, où un tordu me maintenait en selle douze heures par jour, me réveillait en pleine nuit pour répéter le même numéro, parfois me félicitait à l'excès mais le plus souvent m'admonestait, me gueulait dessus, et ce dans un but que lui seul semblait connaître. Bon sang, qu'est-ce qui n'allait pas chez moi ? Pourquoi je ne l'envoyais pas au diable une bonne fois pour toutes ? Pourquoi je cherchais à le comprendre ?

J'avais continué d'interroger Anton, mais hormis cette histoire farfelue de paire de couilles broyées par un taureau, il n'avait rien à dire. Il répétait qu'il ne savait pas, qu'il ne s'expliquait pas ce qui arrivait, et ça m'énervait. Les autres avaient le droit d'être paumés, mais pas lui. Il ne pouvait pas me faire ça, et je l'aurais probablement baffé si je n'avais pas découvert l'étendue réelle de son trouble.

Un soir où il avait manqué notre rendez-vous habituel, je suis allé rôder autour de sa caravane. Je me suis adossé à l'essieu, attentif aux bruits venant du cabinet de toilette, et je n'ai pas tardé à reconnaître l'écho de ses larmes filtrant à travers la fenêtre entrouverte. J'ai pourtant mis un moment avant de me lever, me hisser sur la pointe des pieds pour jeter un œil. Je sentais que je pouvais mal réagir. J'avais toujours eu des difficultés avec la détresse d'autrui, j'étais infoutu d'accueillir les peines et bien souvent je répliquais d'une manière brutale, ne faisant qu'accroître la douleur. Sûrement avais-je trop de larmes en moi pour prendre le risque d'être secoué. Et puis il y avait ce soir-là le souvenir de Paul-Émile et de la franche arythmie cardiaque qu'avait systématiquement provoqué son apparition dans mon champ de vision tout au long de l'année. J'avais refusé d'y réfléchir depuis mon arrivée. Je ne savais pas où j'en étais et, au moment d'espionner un autre garçon dans sa salle de bains, je me suis dit que j'allais peut-être le découvrir.

J'ai alors collé mon nez à la fenêtre et j'ai aperçu Anton assis à même la faïence du bac à douche, la tête recroquevillée contre les genoux et les poings en sang d'avoir trop cogné les murs. Il était nu, il marmonnait : « Je n'en peux plus » ou « Je n'y arriverai jamais », il ânonnait : « Je ne suis pas à la hauteur » ou « Je suis nul » ou « Je me déteste », et moi je suis resté là à regarder, à écouter. J'aurais pu me précipiter pour le réconforter, mais je ne l'ai pas fait. Je suis demeuré muet, immobile, parce qu'en vrai la détresse d'Anton, son désespoir, ses blessures, ça ne me faisait ni chaud ni froid.

J'aurais aimé qu'il en soit autrement. J'aurais voulu ressentir de l'empathie, de la compassion, mais non, c'est bien la conscience de ma propre indifférence qui m'a flanqué la nausée et forcé à battre en retraite. Ce n'est pas l'infortune d'Anton, mais mon détachement profond qui m'a poussé à courir au hasard à travers les pâtures, pour finalement m'échouer contre une mangeoire en fer blanc où j'ai vomi toutes mes tripes. Et l'on pourrait penser que j'avais récupéré la raison quand j'ai regagné ma caravane des heures plus tard et que je me suis arrêté au passage devant celle d'Anton, que j'ai jeté un œil par la fenêtre sur sa silhouette endormie, on pourrait croire que j'avais alors retrouvé une part d'humanité, sauf qu'il n'en était rien. Je voulais juste m'assurer que son état de santé ne viendrait pas compromettre l'entraînement du lendemain. C'est tout.

Le lendemain, après quelques tours d'échauffement dans le manège, Janus nous a rangés en file indienne et conduits à l'extérieur. Il nous a guidés d'abord à travers l'académie, ensuite à travers la campagne, et les premiers temps de ce que nous aurions pu prendre pour une balade à cheval – nous n'étions plus à ce point crédules – se sont passés à cligner des paupières et froncer les sourcils, pareils à des bagnards tirés de leur geôle après des mois d'isolement. C'était étrange de découvrir les environs en pleine lumière. Nous nous heurtions à ces parois rocheuses dont on n'avait fait jusque-là que deviner le poids menaçant, nous contemplions l'harmonie des couleurs peintes par ces arbres et ces plantes – cèdres du Liban, orangers, rhododendrons, hibiscus, camélias, etc. –, dont on avait avant cela seulement perçu les parfums entêtants.

Le charme de la découverte n'a hélas pas duré. Nous ne cessions de grimper, le chemin devenait de moins en moins praticable et une inquiétude sourde s'est mise à circuler entre nous. Nous échangions des regards soucieux, nous nous adressions des haussements d'épaules en forme de suppliques ou de soupirs, mais personne n'osait interroger Janus sur notre destination. J'ai posé explicitement la question à Anton à l'occasion d'un passage un peu coton dans la rocaille, mais il n'a pas daigné répondre. Il a mis de la distance entre nous, il a sauté plusieurs places dans la file pour rejoindre la tête, et je me suis demandé s'il m'avait vu hier soir. Il y avait désormais de la peur dans ses yeux, et je n'aurais su dire qui l'effrayait le plus de Janus ou de moi.

Pour l'instant en tout cas, le maestro était lui d'humeur joviale. Il ouvrait la route et nous annonçait les éventuelles difficultés en amont, il nous prévenait d'une branche un peu trop basse ou d'une ornière un peu trop profonde. Je n'avais pas souvenir de l'avoir connu aussi aimable, aussi serviable. Il avait de nouveau changé de visage et de style, affichant ce jour-là une allure soignée, avec un pantalon grosses côtes, une veste huilée et une casquette anglaise. Habillé de la sorte, il ressemblait à grand-père quand il m'emmenait à l'hippodrome et me filait un billet pour parier sur un outsider. Je me suis alors rappelé en cheminant ces dimanches, ce temps où les noms exotiques des trotteurs sur la ligne de départ n'avaient pas encore été remplacés dans mon esprit par les *growls* de Bolt Thrower ou d'Anal Cunt. Je me suis rappelé seulement les bons moments, et sûrement que côtoyer pour la première fois Janus sur sa monture participait à cette euphorie passagère.

Les chevaux de l'académie étaient exceptionnels, mais Ombligo les surpassait tous. Et de loin. La noblesse de son galbe, l'épure de son allure ou la finesse de son dos, son caractère bravache ou son œil malicieux, tout en lui me touchait, m'impressionnait. J'étais heureux de le voir ainsi ouvrir la route, même si pour cela il me fallait souffrir le tempérament étrangement loquace de son maître.

Janus marquait des pauses fréquentes, pour nommer une plante locale ou conter une anecdote sur la région. On ne pouvait plus l'interrompre et, quand il a décidé de m'administrer un interminable cours d'histoire, je ne me suis pas méfié. Tandis que nous dépassions un hameau en ruine, il s'est mis à raconter comment les résistants s'étaient réfugiés dans les montagnes au moment où Mussolini avait fondé non loin sa république fantoche, et comment ils avaient été débusqués, puis torturés par les fascistes ou la SS. Il ne nous a épargné aucun détail. Il a jubilé en décrivant les exactions des Brigades noires, en énumérant leurs crimes et leurs forfaits.

Le contraste entre l'horreur de ses propos et sa franche bonne humeur m'a écœuré. J'aurais tout donné pour qu'il retrouve sa morgue et son mutisme habituels, mais je n'avais pas beaucoup d'espoir, je me savais loin d'être parvenu au bout de mes peines. Il nous a par exemple forcés un peu après à nous arrêter devant une pâture pour mater un pauvre hongre qui se faisait monter par un étalon pesant deux fois son poids, c'est dire.

J'ai pourtant oublié un instant Janus en accédant enfin au sommet. La vue était magique là-haut. La réflexion des montagnes sur les eaux azur était parfaite, et le temps était si clair, si pur, que l'on pouvait compter sans mal les canots naviguant sur le lac ou les campaniles émaillant la rive la plus éloignée. Mais passé ce premier saisissement, j'ai distingué la carcasse d'une caravane rouillée et les restes de plusieurs estrades, qui m'ont fait songer à cette histoire d'accident racontée par Anton. Il y avait aussi cette piste rectangulaire, couverte d'un sable noir pulvérulent et dont l'un des plus grands côtés donnait sur une falaise.

Janus est descendu de cheval pour s'affairer. Il a vérifié la solidité de la poutre qui entourait l'arène à une trentaine de centimètres du sol, il a sauté dessus à pieds joints. Il s'est penché vers le précipice en riant et il n'a pas eu besoin d'en dire plus. Anton est sorti du rang et je n'ai pas eu d'autre possibilité que de le suivre.

Cléopâtre a demandé si on allait vraiment le faire, Voix de Crécelle a soufflé qu'on était des malades, mais avait-on le choix ? On se souvenait tous de cet exercice sur lequel Janus nous avait fait le plus travailler. Ce moment où nous étions face à face avec Anton, et devions avancer ou reculer d'un même mouvement sur une ligne tracée au sol, une ligne dont tout le monde, y compris l'Autrichienne un peu stupide, a fini soudain par comprendre ce qu'elle symbolisait quand le maestro nous a invités à le rejoindre.

J'aimerais pouvoir décrire la suite comme un enchaînement de malchances, mais ça serait mentir. Les accidents surviennent toujours de façon brutale. Anton a grimpé en premier sur la poutre, son cheval a effectué à peine deux pas et, soit qu'il ait trop retenu ses rênes, soit que sa monture ait été effrayée par le vide ou soit – et c'est tout à fait envisageable – que Janus ait sciemment dissimulé combien le bois était vermoulu, en tout cas la poutre a immédiatement cédé sous leur poids. Difficile néanmoins de dire si

Anton est tombé avant son cheval ou s'ils ont basculé ensemble sur la piste. Ça a duré deux secondes et je ne me rappelle rien, hormis le bruit des os d'Anton pulvérisés par le flanc du Frison. Un bruit atroce.

On apprendra plus tard qu'il a eu une chance folle et que, au lieu d'écoper d'une jambe dans le plâtre, il aurait pu avoir le bassin brisé et finir en fauteuil roulant – sans parler évidemment de ce qui serait advenu s'il avait basculé du mauvais côté de la poutre et versé dans le vide. Mais sur le moment, on n'en savait rien et on a imaginé le pire. Anton n'a pas poussé un seul cri et le silence a duré une éternité après que sa monture se fut relevée et enfuie.

Je ne me souviens pas de la suite. On me l'a racontée et j'ai toujours du mal à l'admettre. Je ne vois pas comment j'ai pu à ce moment-là dévisager d'abord Anton puis Janus, avant d'engager mon cheval sur la poutre et traverser celle-ci sur toute sa longueur dans un piaffer lent. Ça me paraît dément, et je suis loin d'être assez doué pour ça. On me l'a rapporté, mais j'ai du mal à y croire. Je ne parviens pas plus à accepter ma prétendue indifférence pour Anton pendant que Janus appelait les secours, ou mon rire franc aux mots du maestro quand l'hélico est arrivé.

– Estime-toi chanceux, aurait-il lancé à son élève le plus dévoué. Si tu étais mon cheval, ce n'est pas à l'hôpital que je t'aurais envoyé. C'est directement à l'abattoir.

9. dépeçage

– Tu peux me faire confiance, susurre Janus quarante-huit heures plus tard, je te promets que tu vas en redemander, affirme-t-il en me servant une pleine assiette de viande saignante.

Je ne sais pas pourquoi je suis là, face à lui. Je ne me rappelle pas comment nous en sommes arrivés à dîner en tête à tête dans cet endroit lugubre. La table est richement décorée, la nappe d'un blanc immaculé, les verres sont en cristal et les couverts en argent, mais derrière la terrasse en marbre où nous sommes installés, après des garde-corps en bronze qui retiennent l'assaut des mauvaises herbes envahissant partout ailleurs la clairière, se dresse un bâtiment de briques aux vitres pulvérisées depuis des lustres par les aléas du temps.

– Si tu insistes, assure Janus en me tendant le pecorino, je te confierai le secret de ma recette. Crois-moi, tu n'as jamais goûté un plat pareil. Ces *braciole alla puttanesca* sont uniques au monde, je les ai préparées rien que pour toi. Tu les as bien méritées…

Je me demande à quoi il fait référence. Mon numéro insensé sur la poutre, la façon dont j'ai snobé Anton avant son hospitalisation, ou les entraînements que j'ai repris avec toujours plus de fougue, d'acharnement.

Peut-être songe-t-il à ma patience durant notre visite des ruines un peu plus tôt. Le souvenir en est flou, comme tout depuis l'accident, et il ne m'en reste en mémoire que des lambeaux. L'immense galerie de bal XIXe et ses dorures forcément, mais aussi les cages d'escalier en spirale, les salons autrefois luxueux et désormais couverts de graffitis, les dizaines de couloirs, la succession de chambres sans âme, et puis les plafonds abîmés, les parquets gonflés d'humidité, les salles de bains aux vasques crasseuses, aux baignoires défoncées. Quelques bribes du discours de Janus me reviennent. Notamment la litanie des célébrités ayant selon lui séjourné entre ces murs : Bakounine, Jung, Trotski, Stefan Zweig, Hemingway, etc. Possible même qu'il ait parlé de Goebbels et de Himmler, mais je ne le parierais pas. Peut-être est-ce moi qui ai rêvé, fabulé à cause de son costume Hugo Boss et des propos révoltants qu'il me tiendra bientôt.

– J'ai de grands projets, Luca, dit-il en se servant à son tour. Grâce à toi, je vais marquer les esprits une dernière fois. Nous allons quitter la scène ensemble et on ne pourra pas nous oublier.

Ce « nous » qu'il a sans cesse sur le bout de la langue depuis le départ d'Anton, ce « ensemble » qui sort en toute occasion de sa bouche – présentement badigeonnée de sauce tomate et de sang cuit – me met mal à l'aise.

– Nous allons faire un dernier tout d'arène. Toi, moi. Et peut-être Ute, Anuschka, Kate et les autres, si elles s'en montrent dignes. Je veux donner un ultime spectacle avant que le rideau ne tombe définitivement.

Il me somme ensuite de goûter sa cuisine. Il dit : « Vas-y », il dit : « Mange » et alors que je n'ai pas faim, que j'ai l'estomac barbouillé, je porte la fourchette à mes lèvres. Même si la viande est hyper tendre, je ne peux retenir une grimace d'écœurement. La bouffe et moi, on a toujours été un peu fâchés. Nazir s'affaire devant une cuisine de campagne, je cherche son aide du regard, mais il fait comme s'il ne me voyait pas et tourne le dos.

– Tu sais que Herman Hesse a vécu ici ? déclare Janus une fois que j'ai avalé la nourriture. On dit qu'il y aurait écrit *Le Loup des steppes*. Ça plairait à ta mère, ça, non ? C'est bien la littérature allemande qu'elle enseigne ?

– Oui. Elle est spécialiste de Thomas Bernhard.

– Connais pas. De quoi ça parle ?

– Difficile à résumer. Ce n'est pas tant de quoi il parle que comment il en parle qui compte. Je dirais dans le désordre : de colère, de dégoût et de détestation. Et puis pas mal de nazis aussi.

– Ah oui ? Comme ton grand-père alors ? C'est un truc de famille si je comprends bien ?

Je conserve le buste droit, les yeux plantés dans les siens. Il m'aurait pourtant administré une gifle que cela m'aurait fait le même effet. Il ne m'apprend rien évidemment. On sait bien chez moi que si grand-père a fui l'Italie à la fin de la guerre, ce n'est pas seulement en raison de la pauvreté et de la famine. Janus ne me révèle aucun scoop, mais je me demande comment il a déniché ce genre d'information.

– Tu as déjà entendu parler de la *Gioventù Italiana del Littorio* ? poursuit-il. C'était l'équivalent fasciste des Jeunesses hitlériennes. Les garçons y apprenaient patriotisme et dévouement, avant d'être préparés au combat à partir de dix-huit ans. C'est l'âge qu'avait ton grand-père en 1943 d'ailleurs, non ? C'est marrant parce que, cette année-là, l'hôtel où nous sommes a été réquisitionné par la GIL, qui l'a converti en camp de formation. On y entraînait les jeunes les plus prometteurs. Un peu comme je le fais aujourd'hui… Même si mes méthodes paraissent bon enfant à côté des leurs, je peux te l'assurer.

Ce disant, il sort de dessous la table un épais registre qu'il ouvre à côté de son assiette et dont il tourne les pages en continuant de manger.

– Compétitions sportives, parcours du combattant, mais aussi tir sur cibles réelles ou torture de prisonniers. Tu devrais lire ça. Question cruauté, c'est très inventif. Il y a même des photos…

J'ai maintenant envie de vomir. Je ne sais pas où il veut en venir, mais je ne tarde pas à le découvrir.

– Regarde ces ados prêts à commettre les pires horreurs pour leur patrie... Ça ne serait pas ton grand-père, là ? dit-il en me tendant un cliché arraché au registre. Vincenzo Chianese : c'était bien son nom, n'est-ce pas ?

D'abord, je ne souhaite pas voir. Je n'ai pas besoin de Janus pour éclairer la part sombre de grand-père, savoir quel monstre il a été. Je n'ai pas connu la guerre, mais j'ai eu mon lot, dont soudain un souvenir précis me revient sans que je l'aie sollicité. J'attrape la photo et le grain du papier fait ressurgir d'un passé enfoui les cartes postales que grand-père collectionnait. Je revois les longs après-midi à les trier avec lui en l'absence des parents, ces heures à contempler sur ses genoux la cathédrale de Chartres ou la flèche de Notre-Dame, puis brusquement ces photos d'hommes nus, dans des postures obscènes, au sujet desquelles il demande mon sentiment, tandis qu'il force ma main à fouiller son entrejambe.

Ça n'a jamais été plus loin, j'en suis quasi certain. Je me raccroche à ça, mais je suis remué par ce souvenir involontaire. La scène m'est revenue avec une telle précision. Elle m'est apparue si vivace, si réelle que j'en laisse échapper une larme.

– Non, ce n'est pas possible ! murmure Janus, qui lit en moi comme dans un livre ouvert. Ne me dis pas que le vieux monsieur avait d'autres vices !?

Sur ce coup, la musique me manque cruellement. Je songe à des morceaux bien précis, des tueries comme

Twisted Truth de Pestilence ou *The Horror Within* de Loudblast, du brutal death old school bien gore, mais je n'ai que le silence de la nature et le bruit de bouche de Janus qui mastique sa viande, je n'ai que ma colère et le souvenir de grand-père.

Je me pensais libéré depuis sa mort, quand en fait il me poursuit partout où je vais. Impossible de lui échapper. Il infuse en moi un mélange de culpabilité et de honte qui pollue tout, mes réflexions, mes émotions, mes mots, mes rêves et mes cauchemars.

– Allez vous faire voir, Cesare ! parviens-je à cracher entre mes dents. C'est vous qui êtes un grand malade. C'est vous qui torturez vos élèves, qui maltraitez les gens et vous en réjouissez. Vous ne valez pas mieux !

Je siffle mon verre de vin cul sec, je le fusille du regard et me force à faire front. Je lui adresse un sourire et avale sans mâcher une large portion de bidoche.

– Eh bien voilà ! clame-t-il en applaudissant. C'est parfait, Luca, continue ! Lâche la colère qui te hante et cesse de te trouver des excuses. Arrête de te cacher, assume qui tu es réellement. Même si ce n'est pas beau à voir.

– Vous êtes grotesque. Vous êtes comme ces décérébrés qui ont inventé le black metal. Comme eux, vous parlez fort, vous provoquez, vous blasphémez, mais vous êtes en toc. Vous êtes aussi ridicule que Vikernes ou Euronymous. Vous êtes fini depuis longtemps, Trappola. Vous êtes déjà mort en fait.

– C'est qui ceux-là ? Ces chanteurs de hard rock qui ont fait les gros titres des journaux, c'est ça ? Ceux qui ont brûlé des églises avant de s'entretuer ?

Ce disant, il attrape un couteau qu'il fait tourner entre ses doigts avant de reprendre :

– Je n'ai assassiné personne, moi. Ou uniquement pour la bonne cause. Uniquement pour te nourrir, beau gosse…

Il rit de nouveau, plus fort, plus longtemps, et un doute terrible s'immisce dans mon esprit. J'observe la viande qui surnage dans mon assiette. Je sens encore son goût ferreux sur ma langue et c'est un violent haut-le-cœur qui me traverse de part en part.

– Oh, oh, s'amuse-t-il en essuyant sa bouche. Je crois que tu as deviné le secret de mon plat. *Único en el mundo*, pourrait-on dire.

Il prononce ces derniers mots dans un espagnol parfait et, au lieu de m'écrouler en vomissant la chair que j'ai ingurgitée, je fais valser la table et tout ce qu'elle contient. La marmite de sauce tomate, les verres en cristal, les bouteilles de vin, la corbeille de fruits : j'envoie ma chaise en travers de tout ça, je la balance à la tête de Janus et décampe au triple galop.

Ma seule préoccupation est alors de courir. Courir tout droit en aiguillonnant la bête qui enfle en moi. Ce n'est ni l'angoisse ni le dégoût, mais une colère enfin retrouvée après un long passage à vide, une hargne vivifiée, sauvage, qui me porte et me renflamme tandis que je fonce à travers la nuit tel un météore, dévalant les chemins à la lueur de la lune, manquant vingt fois de me tordre la cheville ou de chuter, mais me rattrapant toujours *in extremis* et repartant de plus belle. Je cours et je n'ai plus peur de Janus. Au contraire. S'il veut jouer ce jeu, s'il veut l'affrontement, alors soit. Je ne me défilerai pas. Je lui tiendrai tête comme je l'ai fait inconsciemment sur la poutre ou dans l'arène. S'il a vraiment commis une telle atrocité, je songe en débarquant enfin aux abords de l'académie et en piquant droit sur le pigeonnier, s'il est réellement un tel monstre, il le paiera cher. Je ne reculerai plus, je ne retiendrai pas ma colère et c'est lui qui tremblera, je me promets en pénétrant dans la stalle d'Ombligo, c'est lui qui sera désormais l'élève et moi le maître, je me jure en enclenchant la lumière.

Je repense aujourd'hui à ces instants avec honte. Je me revois sauter au cou d'Ombligo, glisser la main dans sa crinière ou faire claquer fort mes doigts sur ses flancs malgré sa faiblesse, malgré les frissons qui le parcourent ou la cataracte qui voile son regard. Je me revois aussi lui passer le filet et pousser sans ménagement le mors dans sa bouche, lancer la selle sur son dos et serrer fermement la sangle. Je me rappelle comment je le malmène, le remue, comment ma colère déteint et comment je me justifie. Je le tire vers le manège et je dis : « Tu vas vivre, tu n'as pas le choix », je dis : « Tu vas te battre » et je ne sais plus aujourd'hui à qui ces paroles sont destinées.

Aujourd'hui, ça ne compte plus. Aujourd'hui mon cœur est froid et je me rappelle aussi d'autres mots, lus je ne sais où. Ce n'est pas une citation de Günter Grass ou de Peter Handke, ça ressemble plus à un truc de roman noir comme ceux qui traînaient dans les toilettes de grand-père, mais je ne parviens pas à gommer cette maxime de mon esprit. « Il n'y a pas de piège plus mortel que celui que l'on se tend à soi-même », je me répète aujourd'hui en songeant à la fin de mon séjour là-bas, à ces derniers jours de sang et de cendres.

10. éviscération

Durant ces derniers jours, je suis animé dès le réveil par une détermination farouche, une assurance et une fermeté inflexible. Je me lève et je ne laisse rien au hasard. Je passe un long moment à m'habiller, à contempler mon reflet dans le miroir, vérifiant le tombé de ma veste, l'état de mes bottes ou de mes guêtres, veillant à porter une tenue parfaite, irréprochable. Cela peut paraître superflu, mais je tiens à n'afficher aucune faille. Je dois être intransigeant, même si à l'intérieur les choses sont moins claires, même si je suis rongé par une fièvre tenace, malgré le paracétamol toutes les six heures et les tests négatifs toutes les vingt-quatre heures.

Après cette inspection minutieuse, je file en général au pigeonnier. Il me faut signifier aux autres que je ne suis plus un élève ordinaire, que j'ai un rôle à tenir, et arriver au manège en les toisant depuis la selle d'Ombligo est la meilleure des manières.

J'ai fait valoir auprès de Janus mon droit à monter son cheval. Je l'ai mérité. C'est lui qui a voulu que je reste quand j'ai tenté de rassembler mes affaires le soir du dîner. Il a promis que je ne le regretterais pas, il a insisté et j'en ai profité pour poser mes conditions. Et mes conditions, c'était Ombligo. Il n'y avait pas matière à discuter. Il n'a pas essayé d'ailleurs. Il a dit : « D'accord », il a dit : « Tâche seulement d'être à sa hauteur le moment venu » et nous n'en avons plus causé.

Nous nous sommes concentrés sur le travail. Janus devait en effet remanier certaines parties du spectacle à la suite du départ d'Anton et, pour la première fois, il m'en a livré un exposé quasi exhaustif. Nous nous retrouvions chaque soir dans la salle de réception, il allumait un feu dans l'âtre malgré la chaleur désormais étouffante des nuits et il m'expliquait tout en détail, hormis le final pour lequel il souhaitait me faire la surprise, disait-il. Il était impératif d'après lui que je sois dans le noir complet pour le jouer au mieux. Je ne savais pas s'il prévoyait plusieurs représentations, s'il pensait à une tournée, un public, il était très flou quand je le questionnais et je retenais juste qu'il prévoyait une générale pour clore le stage. Je croyais avoir le temps d'éclaircir ce point et je n'insistais pas, préférant l'écouter avec attention.

Je désirais tout connaître de ses plans. J'aurais rêvé de lui ouvrir le crâne en deux pour comprendre sa conception des autres et du monde, pour percer à jour ses secrets et ses cauchemars. C'était devenu pour moi un problème de vie ou de mort. Je voulais le faire payer, lui faire mordre la poussière, avec ses propres armes et sur son terrain. Il était hors de question de commettre la même erreur qu'avec grand-père, en lui permettant lui aussi de s'en tirer indemne. Je ne pouvais pas me dégonfler cette fois-ci.

Nos réunions se prolongeaient tard dans la nuit et j'en ressortais exsangue. J'errais ensuite dans la villa jusqu'à ce que Janus regagne sa caravane pour quelques heures de repos, me laissant alors le champ libre pour fouiller. Je ne savais pas ce que je cherchais. J'imagine un truc qui m'aurait donné un avantage sur lui. Je sentais qu'il fallait me préparer à tout, notamment un éventuel coup de poignard dans le dos, et même si j'ai bien trouvé son arme dans l'un des tiroirs du bureau attenant à la salle de réception, même si j'ai longtemps tourné le canon du Beretta entre mes mains, estimé le poids de sa crosse au creux de ma paume ou la légèreté de sa gâchette au bout de mon index, mes explorations n'ont pas fait jaillir d'idée lumineuse. La pièce était un véritable capharnaüm, où des tonnes de dossiers se mélangeaient à des affaires d'équitation puant le poney. Il y avait un large secrétaire de notaire couvert de poussière, dont j'ai plusieurs fois retourné le contenu. Je n'y ai pas déniché grand-chose de parlant, ou tout du moins rien que je n'ai eu la clairvoyance d'interpréter correctement sur l'instant. Je remuais les papiers et je ne comprenais pas ce que j'aurais dû lire dans cette accumulation de factures, de mises en demeure, de lettres d'huissier. Je bouillais intérieurement. Je pensais seulement à James

Hetlfield sortant de désintox et gueulant dans le micro les paroles de *St. Anger* – l'album de Metallica le plus mésestimé, et aussi mon préféré.

J'étais aveuglé par ma soif de vengeance et ça a continué d'enfler au fil des jours. À force de serrer les dents et les poings, je me suis mis à faire feu de tout bois, brûlant tout ce que je touchais.

Nazir a été ma première victime. Je l'ai coincé un midi pour critiquer la façon dont il s'occupait de mon cheval. Il était avachi dans le canapé, plongé dans son satané bouquin et je l'ai accusé sans raison d'être responsable de la mauvaise santé d'Ombligo. J'ai prétendu qu'il le négligeait, qu'il ne lui accordait pas toute l'attention requise. Comme il ne mouftait pas, je lui ai arraché son livre des mains pour le balancer dans la paille et, tandis qu'Ombligo mâchouillait les paroles divines, j'ai enfoncé le clou.

– Comment se nomment tes sœurs déjà ?

– Yasmine et Shadia… Pourquoi ?

– Eh bien si tu souhaites qu'elles te rejoignent en Italie, il va falloir te montrer plus appliqué dans les tâches qui sont les tiennes. Sans quoi, je ne manquerai pas d'exposer à Cesare ce que j'en pense…

Il est devenu blême, tremblant. Il a sauvé les quelques pages de son saint ayant survécu aux incisives d'Ombligo et il a filé sans demander son reste.

J'ai remis ça le lendemain, quand Janus m'a confié l'entraînement d'un petit groupe d'élèves. Ces derniers peinaient sur une série de voltes assez complexes il est vrai, mais que nous répétions depuis une éternité, et Janus en avait marre de rabâcher, de s'énerver contre eux. Il m'a donc ordonné de régler le problème une bonne fois pour toutes. Il m'a demandé de ne pas les lâcher, de ne pas lésiner sur les moyens et de faire entrer l'enchaînement dans leur tête d'oiseau, fût-il nécessaire pour cela de les maltraiter un peu – ce qui n'est pas tombé dans l'oreille d'un sourd.

Je les ai donc mis au travail sans tarder. Je les ai fait tourner en rond et ils ont souffert, ils ont pesté en reprenant sans fin un motif bien compliqué tandis que je conservais le silence, ne répondant ni à leurs questions ni à leurs protestations, notamment quand ça a été l'heure de déjeuner et que je les ai gardés en selle. Je faisais régulièrement claquer la chambrière au plus près de leur visage et m'amusais de leur malaise. Je me permettais aussi de temps en temps un commentaire abscons – « Les choses simples sont les plus difficiles à réaliser » ou « Dresser un cheval c'est comme bâtir une cathédrale » –, et ça les énervait plus encore que les invectives auxquelles j'ai eu recours à partir de la nuit tombée.

Je ne leur ai pas accordé le moindre instant de répit. Janus m'observait et je voulais qu'il voie à qui il allait devoir prochainement se mesurer. J'ignorais quand et où cela adviendrait, mais j'étais certain que nous nous retrouverions bientôt face à face et qu'un seul s'en sortirait. Il ne pouvait plus en être autrement. Lui aussi le sentait et je faisais donc le nécessaire pour feindre une confiance inébranlable, quand pourtant mes forces partaient lentement en fumée. Je m'appuyais pour cela sur la haine de mes élèves, je me nourrissais de leur rancœur, en complexifiant la tâche, en ajoutant des barres au sol ou en changeant sans cesse les allures jusqu'à ce qu'ils n'en puissent plus.

Je ne sais pas combien ils étaient. Je me rappelle qu'il y avait Croupe Généreuse et peut-être la Grande Asperge ou Épaules Frêles que j'ai confondues jusqu'à la fin. Je suis sûr par contre pour Cléopâtre, parce que c'est avec elle que c'est allé le plus loin, mais pas seulement, je le confesse. À mesure de l'exercice, la température avait grimpé sous les cintres, le soleil cognait fort dehors et Cléopâtre s'était dévêtue, elle avait d'abord ôté sa veste, puis son col zip, puis son chandail, pour terminer dans les premières ombres de la nuit le torse bandé par un *crop top* pourpre imbibé de sueur. Elle avait la peau mate, les épaules larges, les bras musclés. Elle avait un côté garçon manqué et je suppose que son humeur sanguine, son caractère trempé n'étaient pas étrangers à mon soudain intérêt. Son corps était tout entier tendu par l'effort, et ça lui allait tellement bien que je lui ai demandé de continuer en déchaussant les étriers. Ça a été la goutte d'eau. Cléopâtre a immédiatement réagi. Elle a sauté de sa selle et elle a foncé sur moi.

– Putain, mais pour qui tu te prends à la fin ? a-t-elle craché. Tu veux en venir où exactement, là ?!

C'était une élève douée et sauvage, c'est vrai. Hélas pour elle, il n'y avait qu'une seule place de meneur et je me suis chargé de lui signifier que celle-ci était prise. J'ai alors bondi sur elle sans prévenir. J'ai fait mine de vouloir l'embrasser, je l'ai ceinturée, j'ai collé ma bouche contre son oreille et elle s'est mise aussitôt à hurler.

– Bordel, *signore* Trappola ! a-t-elle mugi après que j'ai relâché mon étreinte. Dites quelque chose !!!

Elle a reculé, les deux mains plaquées du même côté du visage.

– Ce type est complètement cinglé ! J'y crois pas, regardez ça ! Il m'a mordu, ce dingue !!

Janus n'a pas regardé l'oreille de Cléopâtre qui pissait le sang. Il m'a regardé moi et mon menton barbouillé de rouge.

J'aurais alors aimé lire de la stupeur dans ses yeux. J'aurais voulu qu'il me fixe, comme un enfant qui court vers sa mère quand il est triste et qu'il a peur. Mais au lieu de ça, il m'a souri de toutes ses dents.

11. fente de la carcasse

Ensuite c'est la nuit et c'est là que tout finit. C'est peut-être le même soir, ou celui d'après ou encore un autre, je ne sais pas et peu importe. Je passe désormais le plus clair de mon temps sur la mezzanine du pigeonnier, où je viens chercher un sommeil agité. C'est mieux que rien, me dis-je chaque fois. Je suis au calme et Ombligo est tout près. Je me doute que quelque chose se prépare, mais je n'ai jamais imaginé que ça arriverait si vite.

Ce soir-là donc, je vois Janus entrer comme dans un rêve. Il s'avance vers le box, les pouces coincés dans les poches de son jean. Je me rencogne vers le fond de ma mansarde pour éviter qu'il note ma présence et aussi, je le comprendrai plus tard, afin d'être dans l'impossibilité d'assister à ce qui va suivre. J'en ai déjà vu assez. J'ai vu avant de reculer les reflets de lune accrochés par le canon du Beretta quand Janus l'a sorti de sa ceinture, et ça m'a suffi.

Je n'ai pas le temps de calculer, d'anticiper. C'est si rapide. Si brutal, si banal. J'aimerais pouvoir prétendre que Janus hésite, qu'il observe une dernière fois celui qui l'a accompagné toutes ces années, qu'il le remercie, lui flatte l'encolure tout en se penchant à son oreille pour chuchoter d'une voix émue des trucs comme : « J'aurais préféré que tu partes d'un coup au cœur » ou : « Merci pour tout », mais Janus ne dit rien. Il ne décroche pas un mot et il s'écoule à peine trois secondes avant que retentisse la détonation. Puis que le corps d'Ombligo chute dans un silence assourdissant.

Comme je l'ai compris avec grand-père, et le constaterai bientôt de nouveau, mourir est la chose la plus facile à faire. La colère ou la douleur sont pour ceux qui restent. Je me retrouve ainsi prostré sur le plancher de mon refuge, recroquevillé en position fœtale, et je sens que quelque chose s'écroule en moi. Plus rien ne sera pareil. Je cherche une poignée de riffs au fond de ma mémoire délabrée pour me protéger et je ne parviens à convoquer qu'un chaos informe, à l'image des premiers lives de Mayhem enregistrés dans une cave, sur un quatre-pistes fatigué et une K7 usée jusqu'à la corde. La musique m'a elle aussi définitivement abandonné.

Le temps passe et j'ignore si Janus est toujours là. Peut-être s'est-il tranquillement installé dans le sofa pour observer le corps d'Ombligo agité de convulsions – j'entends encore dans ma tête ses sabots cognant les parois du box – et contempler son sang qui se répand en une mare ton sur ton sur le porphyre.

Peut-être sinon m'attend-il pour me loger une balle dans le crâne à moi aussi. Ou alors pour me dire combien je me suis trompé. Comment, en croyant me révolter, j'ai en fait suivi le chemin qu'il avait tracé pour moi depuis le début.

C'est à ce moment-là que je me souviens de Graziella. Je me rappelle la vieille femme à qui j'ai confessé ma vie dans le bus en venant ici, je revois son air bonhomme, ses yeux ronds, et je l'imagine assise à côté de moi, avec son sac à main serré sur les genoux, ses lunettes à double foyer, et je me mets à lui parler pour ne pas sombrer. Je m'en veux, dis-je alors à Graziella. J'ai tout perdu, j'ai tout foiré. Sans Ombligo, je ne tiendrai pas. Je suis foutu, et depuis des années. J'ai accusé mon père, j'ai accusé maman, mais c'est moi qui ai déconné sévère, Graziella. J'aurais dû profiter du décès de grand-père pour crever l'abcès et raconter à mes parents ce qu'il m'avait fait. J'aurais peut-être eu une chance de m'en sortir. J'ai fait ma forte tête et je me suis mis tout seul dans la merde. Personne ne m'a forcé à venir passer deux mois ici. Personne ne m'a contraint à affronter Janus, et encore moins à croire que je pourrais le battre à son propre jeu. Pourtant, lui non plus, je ne dois pas l'accabler. C'est un pervers, un toxique, il vit uniquement pour prendre pouvoir sur les êtres et les choses, mais il n'y a aucune raison apparente à sa cruauté et, même si c'est bien là le plus effrayant chez lui, il n'est pas responsable de ce qui m'arrive. C'est moi qui ai choisi de m'enfermer dans le silence et la rancœur. Rien que moi.

J'espère que vous comprenez enfin, dis-je à Graziella pendant qu'elle attire ma tête sur ses genoux. Elle passe alors une main dans mes cheveux, elle caresse longuement mon crâne jusqu'à ce que la panique et la tristesse et la détresse se transforment en une langueur incommensurable, qui m'assomme et m'emporte dans une nuit paraissant ne plus jamais devoir se terminer.

12. inspection *post mortem*

Il y aura pourtant de la lumière à la fin, et bien plus que je n'aurais pu le prévoir. Il y aura le flamboiement des cieux, il y aura l'ardeur du bûcher, mais pas tout de suite, pas encore.

D'abord, il n'y a que l'écran des jours mornes qui se succèdent les uns aux autres dans un flot ininterrompu. Les réveils sont identiques, les détentes immuables, et les nuits comme de grands pans d'obscurité que l'on aurait découpés dans le voile de ma mémoire. Mes souvenirs sont vagues, incertains, et mes émotions inexistantes. On m'a tout pris, tout dérobé. On m'a même volé le deuil d'Ombligo.

Quand j'ai enfin émergé de ma mansarde ce matin-là, j'ai trouvé le box vide. On avait évacué le corps, changé la paille, nettoyé le sol et les murs sans que je m'en aperçoive. Cette absence a creusé un peu plus le gouffre en moi. J'aurais voulu tout voir. Ombligo figé par la rigidité cadavérique et les mouches tournant autour, rentrant dans ses naseaux ou dévorant ses yeux, ainsi que son ventre plein d'exhalaisons et déjà rongé par la vermine en ce beau matin si doux comme dirait l'autre. J'aurais voulu ne rien manquer du poème de cette charogne, en boire le poison jusqu'à la lie pour ne pas faire comme avec grand-père, pour ne jamais oublier. Mais même ça, on me l'a refusé.

Depuis, je suis comme mort à l'intérieur. Rien ne peut me faire renaître. Ni la dureté des ultimes entraînements, ni les estocades répétées de Nazir du haut de sa monture, ni les coups bas de mes camarades ragaillardis par mon indolence ou la musique que Janus met désormais en boucle dans le manège. Il a pioché parmi mes K7 le premier album de Cathedral. C'est le seul valable du groupe, mon préféré pour sa lenteur, sa puissance, et si autrefois il me transportait, aujourd'hui il m'indiffère autant qu'un énième slow de Scorpions.

Je suis en train de me désagréger. Que je galope, tienne un trot enlevé dans le manège ou un footing soutenu à travers la campagne, toutes mes réflexions sont désormais tournées vers ma propre extinction. J'ai abandonné ma capacité de penser, je ne forme plus ni jugements ni raisonnements poussés, je me sens libéré d'un poids énorme – celui de la vie et de ses contingences, je présume. Ma respiration est ainsi d'une régularité parfaite. J'ai jeté ma Ventoline et les corticoïdes, j'ai mis le contenu entier de ma trousse de médicaments à la corbeille et je ne ressens plus ni douleurs ni essoufflements. Je ne ressens plus rien. Je suis une coquille vide, et c'est bien, et c'est mieux.

Cette apathie ne passe évidemment pas inaperçue aux yeux de mes camarades, qui s'en régalent. D'abord méfiants après l'incident avec Cléopâtre – elle traîne toujours un épais pansement qu'elle dissimule d'un foulard –, ils finissent sous son influence par retrouver confiance en eux et ils s'enhardissent. Ça commence par des paroles murmurées dans mon dos, au réfectoire ou aux écuries. Ils font des messes basses sur ma mine de déterré ou mes passages de coins ratés et ils évoquent une certaine Freyja, une certaine Ashley qui ont eu ce qu'elles méritaient. Ils assurent que le maître a eu raison de se débarrasser d'elles et qu'il devrait encore faire le ménage parmi ses élèves. Je réalise alors que je n'ai pas vu la Grande Asperge ou Voix de Crécelle depuis un moment, mais je n'en tire aucune conclusion. Je continue d'éplucher ma poire ou de curer les sabots de mon cheval, sans réagir et sans trembler à l'idée que Janus ait pu leur réserver le même sort qu'à Ombligo.

Puis au bout d'un moment, mon indifférence énerve. Les autres se montrent plus téméraires et les sous-entendus deviennent des remarques explicites, les plaisanteries des railleries, les taquineries des coups bas. Je ne compte pas les fois où je suis bousculé, où je retrouve ma bombe dans une mangeoire et mon gilet de protection dans la fosse à crottin. Ils profitent même de ma léthargie pour retourner un soir ma caravane, défaire mes draps, souiller mes vêtements et, tombant sur un recueil de Verlaine abandonné là par Anton, ils placardent sur ma porte *Le Sonnet du trou du cul.*

J'ai donc droit ensuite à ma dose quotidienne de surnoms originaux. Des sobriquets aussi recherchés que « pédé », « tantouze » ou « avaleur de bites », c'est-à-dire des trucs bien lourds, bien gras qu'ils imaginent visiblement pouvoir rivaliser avec les tercets de Rimbaud, je ne sais pas et surtout je ne leur demande pas. Je m'emploie à les éviter. Je me doute que quelqu'un, quelque part, a sonné l'hallali et que sous peu la meute va se précipiter tous crocs dehors pour la curée.

Ça arrive un soir, alors que l'entraînement est interrompu plus tôt que d'ordinaire. Janus nous abandonne maintenant sans préavis pour parfois ne jamais reparaître, comme ce jour-là où Cléopâtre décide que ça suffit. Elle dit que c'est terminé, elle dit : « Encore trois séances et on rentrera chez nous », elle dit : « On n'aura bientôt plus peur de choper le sida » en me lorgnant, en se marrant, et les autres se marrent aussi, fort, longtemps, en guettant ma réaction. Comme je demeure imperturbable, comme je ne viens pas satisfaire leurs attentes, c'est eux qui viennent à moi. Ils me coincent dans un renfoncement de la sellerie, entre les coffres de pansage et la briderie. Ils me poussent contre un mur, ils m'aiguillonnent de provocations et d'insultes, ils m'entourent, ils me menacent. Et soudain une pluie de coups s'abat sur moi. Ils me cognent d'abord timidement l'un après l'autre. Puis tous ensemble et sans retenue.

Je me blottis au sol et je fixe Nazir, qui assiste à la rossée depuis l'encoignure de la porte. Il ne parle pas, il ne bouge pas. On pourrait penser à une vengeance ou une lâcheté compréhensible pour un garçon ayant traversé les affres de la guerre civile, un type qui sait comment ça se termine lorsque l'on se mêle d'une querelle qui n'est pas la vôtre, mais ce n'est pas ça. Il obéit là encore aux strictes instructions de son maître.

C'est lui qui finit quand même par intervenir, je crois, par retenir les coups, disperser les élèves et me lever de terre pour me conduire au seuil de ma caravane. Je n'en suis pas certain. La suite est pleine de trous, de béances.

Je me revois plus tard devant la glace de la salle de bains, inspectant mes ecchymoses et mon arcade fendue, soignant cette blessure située exactement au même endroit que la cicatrice de Janus. Je me rappelle avoir pris une douche brûlante, m'y être affaissé, mais je ne peux garantir la véracité de ces réminiscences. La nuit d'après est étrangement calme. Pour la première fois depuis des semaines, mon sommeil est apaisant – ce qui donne envie de gerber quand on connaît la suite.

Je suis en effet réveillé par l'odeur de tabac. J'ouvre les yeux et je vois Janus assis au pied de mon de lit. Il a calé entre ses jambes un cendrier qui déborde de mégots et où il écrase sa cigarette à moitié consumée sans me quitter du regard. Je ne lui demande pas depuis combien de temps il est là. À quoi bon ? Il me détaille sans gêne, et j'ai l'impression d'être soumis à une inspection vétérinaire. Il faut dire que sa tenue ressemble un peu à celle d'un toubib. Je l'ai déjà aperçue derrière une vitrine de la pièce de réception, c'est une drôle de panoplie composée d'un pantalon de kimono, une veste aux manches bouffantes comme les ailes d'une grue et des gants en peau de crocodile, avec lesquels il hésite à tâter mon mollet ou mon épaule pour en tester l'élasticité.

– C'est l'heure, déclare-t-il en se levant. Habille-toi et retrouve-moi au manège. Je m'occupe de tout.

Combien de fois ai-je entendu cette phrase ? Dans la bouche de maman quand elle choisit mes fringues ou mes lectures, dans celle de mon père quand il commande à ma place au restaurant et avec grand-père, quand il décidait de revoir *Le Dernier Tango à Paris* et qu'il me retenait dans la salle obscure après la séance. Je devrais en avoir assez. Je devrais protester, hurler que plus jamais je ne me laisserais faire par quiconque, mais même pas.

Vingt minutes après, c'est donc lavé, coiffé et habillé que j'entre en piste. J'arrive et les lustres arrosent le sol d'une lumière diffuse, on dirait que les ampoules ont été changées pour des myriades de bougies, mais je ne cherche pas confirmation, je reporte plutôt mon attention sur les gradins. Je m'attends à y découvrir les autres élèves en pyjama, apeurés comme des lapins pris dans les phares d'une voiture. Cela semblerait prévisible venant de Janus, sauf que je suis encore loin d'appréhender toutes les ressources du personnage. Les bancs sont ainsi vides et je parierais être seul, avant de remarquer une présence au centre de la piste.

Je crois d'abord à un fantôme. C'est pourtant un fier gaillard à la tête busquée, avec une crinière tressée, une robe aux reflets d'opale, et possédant une allure de guerrier, quelque chose d'antique, de tragique. J'avance vers lui et tends une paume sous ses naseaux. C'est fou comme il lui ressemble. Je remonte la main le long de son chanfrein, effleure le creux dessiné sous ses yeux, puis plaque ma joue contre son encolure en caressant ses épaules, en suivant du bout des doigts l'entrelacs de ses veines. Il s'ébroue et je lui parle. Je lui murmure mon émotion, et aussi mon trouble profond.

– Qu'est-ce que tu en penses ? Magnifique, n'est-ce pas ?

Janus émerge des gradins. Il descend les marches une à une, ses éperons cognant le bois d'un bruit mat qui résonne à mes tempes.

– Il est arrivé ce matin. Il sera parfait pour l'épreuve qui t'attend.

Janus est maintenant plaqué contre mon dos. Sa voix siffle à mes oreilles comme celle d'un serpent.

– C'est aujourd'hui, Luca. C'est ce soir que l'on va savoir. Découvrir si je me suis trompé ou si tu es vraiment à la hauteur.

J'entends ensuite le froissement d'une étoffe, probablement une de ses mains glissée sous son kimono, et la lumière s'éteint dans ma tête. Il m'attache un bandeau autour des yeux et je ne m'y oppose pas. Je n'en ai ni la force ni le désir. Après des semaines d'entraînement, des nuits de brimades, de vexations, il est parvenu à briser toute résistance en moi. J'ignore le sort qu'il me réserve, mais je me laisse faire. Il serre le nœud, il m'ordonne de grimper en selle et j'obéis. Il colle une claque sur la croupe de ma monture qui part au trot rapide, il dit : « Souviens-toi », il dit « Fais-moi confiance » et je fais ce que l'on attend de moi.

J'enchaîne alors les figures longuement répétées, sans me soucier d'échouer ou de chuter. Je suis sa chose, sa marionnette. Il me tient par une longe invisible dont je perçois l'étreinte autour de ma gorge et j'ai désormais moins de volonté qu'un poulain fraîchement débourré.

Même après un moment à circuler dans le manège, à recevoir ses derniers conseils ou ses ultimes réprimandes, à l'entendre crier indifféremment « C'est parfait » ou « Continue comme ça et je ne donne pas cher de ta peau », même après ça, je ne me méfie pas. Je me concentre sur ma posture et la précision de mes gestes qui constituent le seul lien entre moi et celui que j'imagine être Ombligo. Je ne pense qu'à lui. Je l'interroge en silence, je tente de voir par ses yeux et, peu à peu, sa présence retrouvée me confère le sentiment d'exister de nouveau. C'est à lui et non à Janus que je soumets aveuglément mon destin. Je me laisse ainsi porter par une douce euphorie et je ne sens pas venir le danger. Janus jubile, il crie à Nazir de faire entrer le taureau et, même si je surprends la transe qui électrise mon cheval, je ne me doute de rien. Je raccourcis les rênes et nous lance tête baissée dans la gueule du loup.

Au début, tout se déroule comme prévu. Je sens mon adversaire me frôler, me contourner ou me prendre maintes fois à revers, mais toujours je l'évite, l'emporte avec brio dans des passes dont Manolete n'aurait peut-être pas rougi. Je devine néanmoins que quelque chose cloche. Mon cheval est d'une vivacité inhabituelle, il réalise des mouvements surprenants, des pas de côtés ou des reculs et des bascules que je n'ai jamais pratiqués auparavant. Et puis les charges de Nazir sont d'une précision dont, malgré son talent, il n'a jamais été capable.

C'est là que, la tête ailleurs et tentant de comprendre, je commets une erreur. Une erreur infime, mais suffisante pour en payer aussitôt le prix. Je recule trop tard ma jambe après une esquive et la conséquence est immédiate. Je sens un souffle tout prêt et une vive brûlure au niveau de la cuisse.

– Bordel, Luca ! Sois à ce que tu fais, tempête Janus alors que je souffre le martyre. Tu veux te faire saigner comme un porc ?! Ce n'est plus un exercice, ce n'est plus Ombligo. Ombligo est mort, et tu vas vite le rejoindre si tu ne te reprends pas.

Ces mots me font l'effet d'un électrochoc. « Ombligo est mort », je répète cent fois comme un mantra qui peu à peu déchire le voile obscurcissant ma pensée. J'entends Janus qui gueule, qui m'injurie. Je dois comprendre que l'immobilité est fatale, assure-t-il, et je comprends surtout que ce jeu malsain a trop duré.

Pourquoi me suis-je fourré dans ce pétrin ? Pourquoi ai-je voulu l'affronter ? Je n'ai rien à lui faire payer. Ses névroses ne sont pas les miennes. Je ne suis plus un enfant et Cesare Trappola n'est pas mon grand-père. Le vaincre ne résoudra rien. Ça ne me permettra pas de guérir, de me sentir libre ou plus heureux.

J'arrête brusquement ma monture. Je déchausse, je descends de selle et, après avoir inspiré, j'ôte le bandeau qui obscurcit ma vue depuis tant d'années.

– Qu'est-ce qui te prend ?! Espèce de petit con ! Qu'est-ce que t'as dans le crâne, qu'est-ce qu'il t'arrive ? T'as tes règles ou quoi ?!

Il peut m'injurier tant qu'il le souhaite, je n'ai plus peur. Ni de lui, ni de grand-père, ni de la montagne de muscles qui gratte le sol du manège, ce monstre qui bave et souffle sa colère par les naseaux en pointant ses cornes sur moi.

Le taureau doit peser dans les cinq cents kilos, mais je m'en fous. Je ne m'interroge ni sur ses intentions ni sur la folie de Cesare Trappola, qui a imaginé confronter ses élèves à un tel danger. Je laisse là mes questions et tout le reste aussi. Je me défais de ma colère, ma honte, mon ressentiment envers mes parents, envers le monde entier qui n'a pas voulu voir, qui n'a pas voulu savoir, j'abandonne le souvenir de grand-père, de ses photos pornos ou de ses mains baladeuses, et je tourne sciemment le dos à l'animal.

– Qu'est-ce que tu fais ?! Je t'ordonne de revenir !!

Je tire le cheval vers la sortie en sifflant un air enjoué. Un bonheur m'inonde, rendant la scène indifférente, inoffensive, étouffant les menaces crachées par Janus, oblitérant la présence du taureau et réveillant une sensation de joie ancienne, enfouie profondément dans mon esprit.

Je me rappelle, j'ai six ans et l'on revient de vacances. Des vacances horribles, durant lesquelles mes parents ont passé leur temps à se crêper le chignon, à s'engueuler en m'oubliant sur la plage où j'ai erré telle une âme en peine avec mon seau et ma pelle. Le séjour a été un échec sur toute la ligne et, pour couronner le tout, mon père a planté l'Audi sur l'autoroute au retour. Il a freiné trop tard dans un ralentissement, il s'est pris le rail de sécurité et la bagnole a fini en miettes sur la bande d'arrêt d'urgence, où nous avons attendu des heures avant d'être rapatriés dans un garage qui nous a prêté une voiture de remplacement. On est donc dans cette 205 antédiluvienne, on est indemnes mais encore sous le choc, et mon père fouille la FM sur l'autoradio à la recherche d'une station. Il tombe sur un morceau et son visage s'éclaire. Il se met à chanter en posant une main sur la cuisse de ma mère qui, après un regard entendu, un regard tendre, le rejoint au refrain. Ils disent vouloir déjeuner en paix et ils ont tout à coup vingt ans, ils viennent de se rencontrer, ils sont beaux, ils sont vivants, amoureux, et ils gardent pour eux ce que leur inspire le monde en me frottant tour à tour les cheveux, en me répétant entre deux couplets que je ne dois pas m'inquiéter, qu'ils sont là, même si les nouvelles sont mauvaises.

Je me rappelle très bien maintenant, et moi aussi je me mets à chanter. J'adresse un doigt d'honneur à Janus et je fredonne : « Est-ce que tout va si mal ? », je claironne : « L'homme est un animal », sans me douter que je vais très vite en recevoir la preuve.

Je suis bien sûr conscient que la suite peut paraître décevante. Mais la réalité l'est souvent, c'est comme ça. Bref. Soudain je ne vois plus le taureau. Je vois par contre les flammes qui courent sur le sol et finissent par nous enfermer dans un cercle parfait. Je n'ai pas le temps de me demander pourquoi Janus a répandu ainsi de l'essence, car aussitôt mon cheval s'emballe, il part au triple galop et me traîne derrière lui. Je m'accroche aux rênes, je mange du sable, ma peau et mes cheveux sentent le roussi, une partie du vinyle de ma veste fond instantanément en traversant la barrière de feu, et j'effectue plusieurs roulés-boulés pour terminer par lâcher ma monture, qui s'enfuit dans la nuit pendant que je m'écroule à l'entrée du manège.

Pas de quoi se vanter donc. Je perds en plus conscience pendant un long moment, et c'est la voix de Janus qui me ramène à moi. Ses cris, ses hurlements par-dessus le ronflement du brasier qui dévore les gradins et grimpe vers les cintres.

– Reste avec moi, Luca. Ne me laisse pas.

Je distingue sa silhouette derrière le rideau de fumée. Il tente de faire bonne figure, mais il a visiblement du mal à respirer. Il tousse en me parlant de nouveau de son final, de comment je dois encore libérer la bête en moi. J'entends un mot sur deux et je ne saisis pas le sens de ses propos, je saisis juste qu'il est complètement dingue. Pourtant, je cherche quand même un moyen de le secourir.

– Tu ne peux pas m'abandonner, tu n'as pas le droit. Sinon, tu t'en voudras. Sinon, je viendrai te hanter.

Je ne l'écoute pas – il vaut mieux pour lui –, et j'attrape une pelle dans l'entrée du manège. Je me mets ensuite à remuer des paquets de sable que je lance sur les flammes. Mes poumons me brûlent, ma blessure à la cuisse me fait souffrir. Je perds pas mal de sang, mais je jette toutes mes forces dans l'effort. À défaut de le sauver, je peux encore le sortir de là.

– Tu ne le regretteras pas, assure-t-il quand j'ai étouffé assez du feu pour créer un étroit passage jusqu'à lui.

Il reste pourtant immobile et me toise. Puis il fait claquer son fouet, et le taureau jaillit de nulle part. Il émerge de la fournaise et fonce sur moi à tombeau ouvert. C'est trop tard pour l'éviter. Je me vois déjà mort, encorné, et d'ailleurs je sens mon corps soulevé de terre, emporté dans un mouvement brusque et charrié hors du manège. Je me prépare à retrouver grand-père aux enfers, mais c'est Nazir qui est apparu *in extremis* à cheval pour me soustraire à la charge de la bête. Il m'a attrapé et emmené à l'extérieur tandis que, derrière, le toit s'écroule sur lui-même dans un vacarme extraordinaire, constellant le ciel de mille étincelles.

réfrigération (épilogue)

Au lycée comme ailleurs, ai-je dit à Romain un mois plus tard, tu dois t'affirmer pour survivre, mais je ne crois pas qu'il ait compris ce que je voulais dire par là. Le bus cahotait à travers la ville, le ciel était gris, l'air était frais pour une rentrée scolaire et, depuis qu'il était monté à mi-parcours, depuis que je détaillais son allure de nouveau, ses *creepers*, sa veste en cuir ou ses cheveux décolorés, depuis tout ce temps, je répétais mes arguments en silence afin qu'il n'ait aucune chance de m'échapper le moment venu.

Écoute bien, ai-je dit dans ma tête tandis qu'il se tenait accroché à la barre juste à côté de moi et que nos corps se frôlaient. Je préfère être franc, je veux être certain que tu captes bien. Ce n'est plus mon habitude d'être honnête depuis cet été, j'évite désormais de dire ce que je pense, donc profites-en. Entre toi et moi, c'est la première et dernière fois que ça arrivera. Alors suis mes conseils, ai-je dit à Romain, oublie les rengaines punk que j'entends hurler dans le casque audio vissé à tes oreilles, oublie les Clash ou les Stooges, les Ramones ou les Dead Boys, arrête de perdre ton temps avec ça et grandis, mûris, concentre-toi sur ta vie, sur ici et maintenant. Tu dois m'écouter. J'ai traversé les flammes, je sais ce que je raconte et je vais t'enseigner.

Je sais ainsi parfaitement ce que tu ressens. Je ne connais pas ton vrai nom, je me doute que tu ne t'appelles pas Romain, mais on s'en fout, tu pourrais t'appeler Sébastien, Cyril ou Laurent, ça ne changerait rien. La pose rebelle, la musique à fond, j'y suis passé avant toi et on ne me la fait pas. Je devine sans mal ce que ça cache, ai-je dit en vérifiant le col de ma veste de costume, et ta faiblesse, ta blessure, tu ne la soigneras pas à coups de décibels. Tu ne peux plus continuer de la sorte. J'ai essayé avant toi et j'ai foiré. Alors laisse-moi te faire profiter de mon expérience, laisse-moi t'apprendre comme on m'a appris.

Tu dois bâtir un plan pour rester vivant au lycée, ai-je dit à Romain en renfermant mon exemplaire de *L'Été dangereux* d'Hemingway, et je peux t'aider, je suis passé maître en la matière. Je peux te guider pour t'éviter d'être dévoré tout cru dès le premier jour.

Je sais de quoi je parle, crois-moi, mais ne demande pas de détails. Je ne te raconterai pas, même si tu aimerais bien que je te dise tout ce qu'il s'est passé après. Que j'explique comment je m'en suis remis, comment on se débrouille après avoir traversé ça et si l'on doit oublier ou accepter, si l'on peut recommencer à vivre comme avant ou si l'on demeure à jamais changé. En vérité, Romain, je n'en sais foutrement rien. Je sais juste que depuis mon retour je suis poursuivi par les cauchemars, les angoisses, je sais qu'il m'arrive d'avoir des hallucinations, d'avoir l'impression de le reconnaître en ville, au supermarché ou dans les transports en commun, et d'alors trembler, de retenir mon souffle et serrer les dents jusqu'à ce que le mirage se dissipe. Et en même temps, malgré tout ça, impossible d'ignorer qu'il m'a beaucoup appris, voire d'une certaine manière sauvé. Alors peu importe. Je veux moi aussi faire ça pour toi, Romain. Je suis prêt et je sens que tu peux être un bon élève. Je sens également que j'en ai besoin. Que je n'ai pas le choix.

Avant cela toutefois, tu dois d'abord savoir qui tu es réellement. En as-tu une idée, Romain ? Je ne pense pas, mais ne t'inquiète pas. Je vais t'aider à le découvrir, même si tu pourrais ne pas aimer ce que tu vas trouver. Il faut en passer par là, ai-je dit en caressant la cicatrice sous la toile de mon pantalon de ville et en observant la foule qui emplissait le bus.

Des grappes de jeunes montaient à chaque arrêt. Ils discutaient entre eux, s'absorbaient dans la lecture de leur téléphone ou, plus rarement, me jaugeaient d'un air circonspect. J'imagine que ceux qui me connaissaient, ne serait-ce que de vue, me trouvaient changé et se demandaient ce qui avait bien pu m'arriver durant l'été – un peu comme mes parents qui disaient ne pas me reconnaître, qui se demandaient s'ils devaient s'en féliciter ou s'en inquiéter, mais qui me laissaient en paix depuis que je leur avais lâché le morceau pour grand-père.

Eh bien qu'ils continuent tous à s'interroger, ai-je dit à Romain. On n'a pas fini de les surprendre, toi et moi. Ensemble, nous allons briller et rien ne nous arrêtera. Cesse toutefois de me regarder avec cet air bizarre. Tu as l'impression que je lui ressemble, c'est ça ? Qu'est-ce que tu veux que je réponde ? Tu veux que j'apaise tes doutes ? Tu veux que je clame combien il était étrange, combien il était odieux, malsain ? Je ne suis pas certain que ces adjectifs te suffisent. Tu préférerais sûrement que j'affirme sans ambages qu'il était pervers, monstrueux ou sociopathe, je suppose que cela te rassurerait sur ma santé mentale. Sauf que tout ça, c'est juste des conneries bonnes pour le psy que les parents me forcent à aller voir depuis mon retour. Tout ça on s'en branle, ai-je dit à Romain quand le bus s'est immobilisé devant le lycée, parce que j'ai d'importants projets pour toi. Je suis peut-être définitivement abîmé, changé, mais nous allons faire de grandes choses tous les deux. Tu as clairement besoin de quelqu'un sur qui te reposer dans la jungle de ton nouveau bahut, et je suis là. J'espère donc te voir bientôt suivre mes recommandations sans rechigner, te voir hocher la tête avec beaucoup de conviction quand, dans un instant, je ferai semblant de te bousculer et m'excuserai, avant de proposer en réparation d'être ton guide ici.

Tu peux compter sur moi, ai-je dit en m'avançant vers la sortie. Je ne vais plus te lâcher, ai-je dit en croisant le regard du chauffeur et en ayant le sentiment de reconnaître Janus qui acquiesçait et m'encourageait depuis le volant.

– Nous ne laisserons plus jamais personne nous dompter, ai-je dit ensuite à Romain après avoir couru pour le rattraper et fait semblant de le heurter. Je m'occupe de tout, fais-moi confiance.

« L'enfance est le trou noir où l'on a été précipité par ses parents et dont l'on doit sortir sans aucune aide. »

Thomas Bernhard, *Maîtres anciens*

playlist

Metallica, *Some Kind of Monster*
Slayer, *Angel of Death*
Megadeth, *Symphony of Destruction*
Carcass, *Incarnated Solvent Abuse*
Entombed, *Full of Hell*
Morbid Angel, *Blessed Are the Sick*
Napalm Death, *You Suffer*
Deicide, *In the Minds of Evil*
Cannibal Corpse, *Butchered at Birth*
Obituary, *Slowly We Rot*
Suicidal Tendencies, *War Inside My Head*
Brutal Truth, *Walking Corpse*
Bolt Thrower, *World Eater*
Anal Cunt, *You Are Gay*
Pestilence, *Twisted Truth*
Loudblast, *The Horror Within*
Cathedral, *Soul Sacrifice*

Ouvrage réalisé par
Cédric Cailhol Infographiste.

Achevé d'imprimer sur Rotò-Page
par l'Imprimerie Floch à Mayenne
en mai 2024.

Dépôt légal : septembre 2024
N° d'impression : 105022
ISBN : 978-2-8126-2621-0
« Loi n°49-956 du 16 juillet 1949
sur les publications destinées à la jeunesse »

Imprimé en France